은세기 러시아 예술 문화의 대화성

은세기 러시아
예술 문화의 대화성

최진희 지음

우물이 있는 집

서문
은세기 러시아 예술 문화의 대화성

　　1890년에서 1920년대 초반까지의 문화를 칭하는 개념인 '은세기(Серебряный век)'의 정체성은 시인, 소설가, 화가, 건축가, 안무가, 음악가, 철학자들 사이의 '대화적' 관계에 의해 탄생되었다. 상징주의, 아크메이즘, 미래주의 작가들의 창작 세계는 화가인 미하일 브루벨, 빅토르 보리소프 - 무사토프, 〈예술 세계(Мир искусства)〉[1]파와 〈푸른 장미(Голубая роза)〉[2]파, 음악가 이고리 스트라빈스키, 알렉산드르 스크랴빈, 건축가 표도르 세흐텔, 아방가르드 예술가인 카지미르 말레비치, 바실리 칸딘스키, 프세볼로드

---

[1] 본 저서의 1장, 3장 참조.

[2] 1907년 동명의 전시회 이후 결성된 러시아 상징주의 화파. '초월적인 것', '경계 너머의 것'을 지향하였으며 회화의 음악성에 몰두하였다. 푸른색과 파스텔 톤을 특징으로 하는 '푸른 장미'파는 미하일 브루벨과 빅토르 보리소프-무사토프의 영향을 받았다. 대표작가로는 화가 파벨 쿠즈네초프와 표트르 우트킨, 조각가 알렉산드르 마트베예프가 있다.

메이예르홀드, 알렉산드르 타이로프 없이는 상상도 할 수 없다. 은세기의 위대한 시인 알렉산드르 블록은 다음과 같이 말한다.

> 러시아는 젊은 나라이며 그 문화는 종합의 문화이다. 러시아의 예술가는 '전문가'가 될 수도 될 필요도 없다. 작가는 화가, 건축가, 음악가들을 염두에 두어야 하며, 소설가는 더더군다나 시인에 대해, 그리고 시인은 소설가에 대해 기억해야한다. 러시아에서는 회화와 음악, 산문과 운문이 서로 구별되지도 서로 배제하지 않는 것처럼 철학, 종교, 심지어 정치도 서로가 서로를 배제하지 않는다. 그것들은 함께 하나의 강력한 흐름을 만들어낸다. 그 흐름은 민족 문화의 고귀한 힘을 내포하고 있다. 말과 사상은 색채와 건축물이 된다. 교회 의식은 음악 속에 자신의 목소리를 찾아내었다. 글린카와 차이콥스키는 〈루슬란〉과 〈스페이드의 여왕〉을 수면 위로 올려놓았으며, 고골과 도스토옙스키는 러시아의 은둔자들과 레온티예프를, 레리흐와 레미조프는 조국의 오래된 과거를 무대 위에 다시 등장시켰다. 이것은 힘과 젊음의 상징이다.[3]

블록은 러시아 문화의 전 영역간의 능동적 '대화'에서 러시아

---

3) Блок А. "Без божества, без вдохновения," *Собрание сочинений в 8 томах. Т. 6* (М. Л., 1962) 175-176.

문화의 힘과 에너지를 발견하였다. 예술 양식들의 상호 작용, 다른 말로 하면 '종합의 정신'을 러시아 문화의 원동력으로 보는 것이다. 세계사에서 유래를 찾기 힘든 정치·사회적 유토피아에 대한 기대와 절망, 그리고 비극적 재앙을 앞둔, 20세기로 가는 길을 연 은세기. 시인은 그 '거대 대화(Большой диалог)' 속 예술의 작은 목소리들에 귀를 기울일 것을 촉구한다.

바흐친에 따르면 '거대 대화'는 독백적인 문화 블록 간, 문화 간 대화이다. 아지잔(И.Азизян)은 이 '거대 대화'가 인간의 의식 안에서 문화 형상들, 그 형상들의 공존과 상호 조명을 통해 인간의 작은 대화 속에 이루어진다고 지적하고 있다.[4] 그 거대 대화의 이념을 우리는 '종합의 시대', 은세기 문화에서 발견한다.

'은세기'라는 용어는 1933년 니콜라이 오추프가 자신의 논문 「러시아 시의 은세기(Серебряный век русской поэзии)」[5]에서 초기 모더니즘 문화를 지칭하는 용어로 처음 사용하였다는 것이 정설이다. 러시아 망명 사회에서 생겨난 이 개념은 푸시킨의 시대를 '황금시대'라고 한다면, 이미 과거가 된 양 세기의 경계기는 '황금시대'를 이은 러시아 문화의 두 번째 전성기라는 의미에서 '은의 시대', '은세기'로 규정되었다. 그러나 '은세기'라는 용어는 최

---

4) Азизян И.А. *Диалог искусств XX века. Очерки взаимодействия искусств в культуре* (М., 2008) 10.

5) Оцуп Н. "Серебрыный век русской поэзии," *Числа Кн. 7-8* (Париж, 1933) 174-178.

근까지도 '소위 은세기'라는 표현으로 사용되었다. 하지만 오늘날 이 개념은 19세기 마지막 10년과 20세기 초반에 걸친 문화를 칭하는 합법적이며 유기적인 개념으로 확립되었다.

19세기 말 러시아에서 기존의 실증주의적이며 공리주의적인 사회 문화 패러다임은 혁명과 전쟁이라는 역사적 조건들로 인해 급격한 변동을 겪게 된다. 상징주의자 드미트리 메레지콥스키의 논문 「현대 러시아 문학의 퇴락의 원인과 새로운 흐름(О причинах упадка и о новых течениях современной русской литературы)」(1893)에서도 지적된 바 있듯이 이 시기에 합리와 계몽, 유물론과 공리주의와 같은 19세기적 가치들은 총체적으로 위기에 처해 있었다.

'삶의 위기', '사상의 위기', '예술의 위기'로 인식된 시대에 예술가들은 인간과 우주, 사회와 개인의 고립화와 파편화를 예민하게 지각하였다. 정치적으로 러시아 혁명이 익어가던 시기에 모더니즘은 '예술을 통한 세계의 재구성'이라는 미학적 유토피아에 몰두한다. 그 기저에는 '미가 세계를 구원한다'는 도스토옙스키의 사상과 예술의 전 민중성 및 선과 평등사상 전파라는 예술의 유용성에 관한 톨스토이의 사상이 있었다.[6] 이러한 사상은 철학자 블라디미르 솔로비요프의 종교적 '전일성(Всеединство)'의 철학으로 외화되었다.

---

6) Азизян 30.

초계급적이며, 초계층적인 새로운 종교로서의 예술. 예술을 통한 삶의 변화에 대한 도스토옙스키, 솔로비요프의 사상은 그 모든 차이와 구체적 전개의 차별성에도 불구하고 예술의 공동체성(соборность)이라는 개념으로 수렴된다. 슬라브주의자들이 도입한 공동체성, 공동체적 사상의 개념은 1905~1907년 러시아 혁명 시기에 특별한 색채를 띠게 된다. 사회적 총체성으로서의 공동체 사상의 전제는 개인 각자가 고유한 특성을 유지한 채 공동의 최고 가치들을 수용하는 것이다. 이러한 전제 하에 공동체성은 '나'의 한계 안에 인간을 가두는 개인주의의 문제를 해결하고 개성을 무효화하려는 집단주의의 문제를 해결할 수 있다. 일군의 은세기 예술가들에 따르면 그러한 과제를 현실적으로 실현할 수 있는 공간은 종교도, 정치도 아닌 예술이었다.

삶과 예술의 위기를 타개하기 위한 방편으로 모더니즘 예술가들이 모색한 것이 '종합주의(синтетизм)'의 이념이다. '삶-창조(жизнетворчесто)'와 '삶-건설(жизнестроение)' 개념을 통해 표출된 모더니즘 예술가들의 지향은 본질적으로 삶과 예술을 일치시키고자하는 낭만주의적 의식의 산물이라고 할 수 있다.[7] 종합과

---

7) 은세기의 문화적 현상으로서의 '삶-창조'는 미학적 기획에 따라 삶을 의식적으로 조직하고 '써나가고자'하는 낭만주의의 유산으로서 철학을 실천으로, 추상적 사상을 삶의 전략으로 변화시키려는 상징주의에 와서 전면적으로 실행되었다. 이러한 '삶-창조'의 개념은 '삶-건설'이라는 아방가르드 용어로 대체되면서 현실의 '혁명적' 재 조직화를 의미하는 철학적, 미학적, 실천적 개념으로 발전되었다. 상징주의 문화와 '삶-창조'에 대해서는 본 저서의 5장 참조.

일치, '공동체성(соборность)'을 향한 은세기 예술가들의 이상은 예술 간의 대화를 지향하는 문화 이념인 '예술의 종합(синтез искусств)'론으로 구현되었다. '예술의 종합'은 주관주의와 고립주의라는 인간과 문화의 위기를 극복하기 위한 예술가들의 소통 노력이며 그것은 한편으로는 예술 양식들 간의 대화로, 다른 한편으로는 문화의 의미를 구현하고 상호 반영하는 개인들 간의 대화로 구체화되었다.

'예술의 종합'은 예술 양식 고유의 경계를 넘어 타 양식과의 적극적인 '대화성'을 바탕으로 하고 있다. 예술가들 사이의 다면적인 관계에 의해서 탄생한 '예술의 종합'은 예술의 본령을 지키면서도 타 예술 장르 진입에 대한 두려움에 짓눌림 없이 자유롭게 경계를 넘나든 예술가들에 의해서 만들어졌다. 문학이 미술 언어와 만나고, 회화가 문자 언어를 만나는 방식으로 실현되었고 때로는 문학가, 음악가, 화가 등이 공조할 수 있는 종합예술 장르에 대한 모색으로 나타나기도 했다. 세기말의 불안과 재앙의 예감, 다가올 변화에 대한 희망이 교차하는 이 시기에 러시아 문화는 그 어느 시기보다 풍성한 문화를 꽃피웠다.

은세기 예술 문화 속에서 예술 양식 간의 '대화'를 선도한 것은 젊은 예술가 그룹 〈예술 세계(Мир искусства)〉였다. 1898년 〈예술 세계〉는 세르게이 댜길레프가 조직을 담당하고 알렉산드르 베누아를 수장으로 한 문화 인사들과 일단의 화가들에 의해 만들어졌다. 〈예술 세계〉가 중심이 되어 동명의 전시회를 조직하고 동명의 잡지를 간행하며 러시아 문화에 새로운 예술적 에너지를 제공하였다. 예술세계인들은 회화, 건축, 음악, 디자인과 시의 창조적 종합을 실현하고 예술의 유기적 결합을 완성시킬 수 있는 가능성을 이론적으로 연구하며 예술적으로 실천하였다. 1장에서는 이러한 〈예술 세계〉의 미학을 전통과 혁신이라는 관점에서 살펴본다.

새로운 예술적 언어를 탐색하던 은세기 예술가들은 다양한 방식으로 예술의 종합을 시도하였다. 이와 관련하여 미하일 라리오노프, 나탈리야 곤차로바, 카지미르 말레비치, 바실리 칸딘스키 등과 같은 일군의 아방가르드 화가들은 '신원시주의'에 몰두하게 된다. 「대중의 취향에 따귀를(Пощечина общественному вкусу)」 (1912)에서 도스토옙스키와 톨스토이마저 현대라는 기선에서 내던져야한다는 선언은 전통에 대한 아방가르드 전체의 태도를 담고 있다. 그러나 실제는 달랐다. 아방가르드 예술가들은 앞 세대 전통을 건너 뛰어 과거로 가는 '격세 유전적' 방식을 택하였다. 2장에서는 아방가르드 예술가들의 신원시주의(Neo-Primitivism)를 고찰한다. 특히 이들이 자유롭고 창조적인 표현력의 보고(寶庫)로 재발견한 민중 판화 루복(лубок)을 신원시주의 전개 과정과 함께 살펴본다.

바그너의 종합예술론의 영향을 받았던 은세기 예술가들은 오페라와 발레와 같은 종합예술 장르에 주목하였다. 특히 예술세계인들은 춤과 음악, 문학과 미술, 의상과 무대 디자인 등 다양한 분야의 예술을 종합한 종합 예술로서의 발레의 가능성을 높이 평가하였다. 다길레프를 중심으로 안무가 미하일 포킨과 뱌슬라프 니진스키, 음악가 이고리 스트라빈스키, 의상과 무대 디자인에 알렉산드르 베누아, 레온 박스트 등 당대의 최고 예술가들이 러시아 발레를 서구 무대에 선보였다. 3장에서는 〈예술 세계〉의 2기 활동이라 할 수 있는 〈발레 뤼스(Ballets Russes)〉를 살펴본다. '예술의 종합'의 대표 장르로서, 예술가들의 공동 창작 과정으로서 발레의 장르적 가능성에 대한 예술세계인들의 인식을 밝히고 공동 창작 방법론으로서의 '종합 예술'이라는 측면에서 〈발레 뤼스〉의 활동을 고찰한다.

은세기에 종합 예술 장르로 각광을 받았던 것은 발레와 오페라만이 아니었다. 그러한 장르 못지않게 주목을 받은 장르가 '책 예술'이다. 상징주의에서 시작된 '책 예술'에 대한 관심은 미래주의에 이르면 책의 '물적 성질'에 대한 새로운 이해로 발전된다. 문학과 회화, 예술과 기술의 결합으로서 '책'이 그 가치를 인정받으면서 동시대 주요 문학가들과 화가들의 중요한 공동 창작 영역으로 등장하게 되었다. 특히 기존의 예술적 관례에 대해 전복적 태도를 가지고 있었던 미래주의자들은 예술의 경계를 '무단히' 넘나들었다. 그 결과 문학과 회화는 물론 디자인과 인쇄술에 이르기까지 창작물 산출의 전 과정이 유기적인 의미를 띠게 되었다. 4장에서는 상징주의자들의 '책 예술'에서부터 미래주의자들의 'Anti-Book'을 구체적으로 살피고 예술의 종합으로서의 책의 문제를 고찰한다.

'삶-창조'는 예술을 삶으로, 삶을 예술로 만들고자 했던 은세기 예술가들의 극단적 실험이었다. 러시아 상징주의자들은 19세기에서 20세기로의 전환 시기에 러시아의 고전적 가치와 인식 및 윤리의 주변부에서 자신들만의 고유한 문화적 정체성을 찾고자 했다. 이들은 자신의 삶 자체를 일종의 텍스트로 인식하고 이를 미학적으로 기획하고 실천해 나갔다. 5장에서는 '삶-창조'와 관련된 이들의 행위 유형과 소통 방식을 분석하고 이를 통해 예술가들의 사상과 실제 행위의 상관성, 삶의 '기획'의 실재와 시대와의 상관성을 고찰한다.

참고문헌

Блок А. *Собрание сочинений в 8 томах Т. 6*. М. Л., 1962.

Азизян И.А. *Диалог искусств XX века. Очерки взаимодействия искусств в культуре*. М., 2008.

Оцуп Н. "Серебрынй век русской поэзии." *Числа. Кн. 7 - 8*. Париж (1933) 174 - 178.

차례

1장 <예술 세계(Мир искусства)>

넵스키의 피키위키안

〈예술 세계(Мир искусства)〉는 화가, 작가, 음악가, 비평가들의 그룹이면서 알렉산드르 베누아와 세르게이 댜길레프가 펴낸 잡지이자 동시에 전시회 조직(1899-1906, 1910-1924)을 아우르는 복합적 명칭이다. 1890년대 말 러시아 예술계에는 당시 주류였던 아카데미즘에 실망하고 '이동전람회파(Передвижничество)'[1]의 인민주의 미학에 비판적인 새로운 세대의 예술가들이 등장하였

---

1) 1863년 황실 미술 아카데미의 신고전주의 전통에 반발한 14명의 청년 화가들이 아카데미가 보장하는 화가로서의 특권적 미래를 버리고 나와 1870년 결성한 미술 유파. 당시 러시아 지식인들 사이에 확산되었던 인민주의적 분위기 속에 러시아, 러시아의 역사에 대한 민족주의적 태도를 특징으로 하며 기존 예술에서 소외된 일반 민중을 '찾아가는 전시'를 기획한 '미술계의 브나로드 운동'. '이동전람회파'라는 명칭에 걸맞게 이들은 1870년부터 1923년까지 거의 매년 모스크바나 상트페테르부르크가 아닌 러시아의 도시들을 돌며 전시회를 개최하였다. 대표 작가로는 이반 크람스코이, 바실리 페로프, 알렉세이 사브라소프, 그리고리 먀소예도프, 일리야 레핀, 바실리 수리코프 등이 있다.

다. 상트페테르부르크에서 생겨난 이 단체는 갓 스무 살이 안된 청년들로 구성되었다. 1898년 동명의 잡지를 출판하기 시작한 〈예술 세계〉의 핵심 예술가들은 매우 적은 인원이었다. 화가였던 베누아, 콘스탄틴 소모프, 레프 박스트, 예브게니 란세레, 므스티슬라프 도부진스키, 안나 오스트로우모바-레베데바 등이 초창기에 참여하였다. 여기에 이후 임프레사리오로 명성을 얻은 세르게이 댜길레프가 합류하였으며 문학가로는 드미트리 필로소포프, 드미트리 메레지콥스키, 지나이다 기피우스, 니콜라이 로자노프, 표도르 솔로구프, 발레리 브류소프, 콘스탄틴 발몬트, 안드레이 벨리 등 당대의 상징주의 작가와 사상가들이 대거 참여하였다. 이들은 대부분 서로 친척간이거나 같은 고교를 나온 지인들이었다. 〈예술 세계〉는 찰스 디킨스의 소설 『피키위안 클럽의 죽음 이후의 일기』를 딴 이름의 '넵스키의 피키위안들'이라는 명칭의 그룹에서 시작되었다. 비교적 유복한 부르주아 집안의 자제들이었던 이들은 사실 예술 전공자들도 아니었다. 알렉산드르 베누아는 페테르부르크 대학의 법학부 학생이었으며 세르게이 댜길레프와 드미트리 필로소포프는 페테르부르크 대학을 졸업한 법률가였다.

이들은 '국제주의적' 성격을 가진 젊은이들로 러시아 예술을 서구 예술의 발전 과정에 합류시켜 통합하려는 열망으로 가득

[도판 1] 1914년 〈예술 세계〉 연차 모임 (러시아 국립 도서관 소장)
왼쪽부터 M.랴비노비치, S.야레미치, A.타마노프, O.브라즈, V. 쿠즈네초프, B.쿠스토디예프, P.
쿠즈네초프, A.가우시, N.밀로티, N.란세레, N.레리흐, M.도부진스키, I.빌리빈, K.페트로프-보
드킨, A.세르바시드제, E.란세레, A.오스트로우모바-레베데바.

차 있었다. 이런 점에서 이들은 이동전람회파 예술가들의 '인민주의 정신'과는 거리가 멀었다. 이에 스타소프(В.Стасов)[2] 등과 같은 사실주의 비평가들은 새로운 유파가 전통적인 민주주의적 경향과는 거리가 크다는 점을 분명하게 느꼈고 이들이 데카당의 신봉자라고 비판하며 적대적인 태도를 취하였다.[3]

---

2) 블라디미르 스타소프(1824-1906). 벨린스키와 게르첸, 체르니셉스키와 같은 혁명적 민주주의자들의 미학을 받아들여 예술의 아카데미즘을 거부하고 사실주의적 예술을 주창하며 예술의 사회적 임무와 도덕적 책무에 대해 열성적으로 주장했던 대표적 인민주의 예술 비평가.

3) 물론 이동전람회파 내부에서도 예술의 지나친 사회성에 대한 비판이 적지 않았고 바로 이와 같은 이유로 이동전람회파의 대표적 화가인 레핀은 이 단체를 탈퇴하기에 이른다. 레핀은 다음과 같이 말한다. "우리의 화가는 그 자신으로 있을 수 없다. 세태 비평가로 활동하도록 화가를 내몬다. 화가는 자유주의 사상의 삽화로만 인정할 뿐이다. 화가에게 문학을 요구한다."

미(美)

예술세계인들은 사상적인 통일성을 표방하지는 않았지만 가장 중요한 원칙은 서로가 공유하고 있었다. 그것은 문화에 대한 숭배, 산문적 일상에 대한 거부, '문학주의(литературщина)'와 설교 및 '일화'의 거부이다. 예술세계인들은 사실주의 유파인 이동전람회파 회화가 문학에 경도되어 있다고 지적하면서 이러한 문학성을 '일화'라고 비판하였다. 〈예술 세계〉의 대표 이론가였던 댜길레프는 「미의 추구」라는 논문에서 자신들의 예술적 행보는 애드가 앨런 포우, 샤를 보들레르, 폴 베를렌과 러시아 인상주의자들이라고 밝히며 〈예술 세계〉의 상징주의적 방향성을 명징하게 표현하였다. 실제로 〈예술 세계〉는 초기 러시아 상징주의의 요람 역할을 하였다. 1898년 창간호부터 블라디미르 솔로비요프, 메레지콥스키, 발몬트, 기피우스의 작품들과 함께 보들레르, 베를렌, 말라르메의 시가 게재되었고 스크랴빈의 음악이 소개되는 등 잡지 〈예술 세계〉는 상징주의적 경향성을 분명히 드러내었다.

〈예술 세계〉는 아름다움에 대한 믿음과 예술의 종합을 지향하였다.[4] 박스트, 브루벨, 골로빈, 도부진스키, 코로빈, 란세레,

---

4) 실제로 <예술 세계>의 미학적 경향성은 예술을 '종교'라기 보다는 '기예(技藝)'로 간주했다는 점에서 블록, 벨르이, 이바노프의 후기 상징주의 보다는 브류소프와 발몬트의 전기 상징주의

레비탄, 네스테로프, 세로프, 소모프 등 동시대 최고의 화가들이 참여한 〈예술 세계〉는 황실 아카데미의 관제 미술과도 이동 전람회파의 사실주의와도 다른 형식의 미적 가치를 본격적으로 제기하였다. 그 과정에서 〈예술 세계〉의 초기 제호들에는 실용예술의 부활을 위한 '아브람체보파'[5]와 탈라시키노 그룹[6]의 활동이 소개되었다. 여기에 점차 건축과 인테리어 분야에서 핀란드, 스칸디나비아 지역, 영국, 독일의 건축가 및 화가들의 작품을 게재하였다. 이러한 일련의 과정은 모든 조형 예술의 개혁 과정이었으며 당시 '삶과 예술'의 일치를 추구하는 전 유럽적인 예술 흐름에 상응하는 과정이었다.[7] 예술세계인들은 이

에 가깝다고 할 수 있다. 반면에 신비주의 화가 그룹인 <푸른 장미>가 후기 상징주의와 가깝다. John Bowlt. "Synthesis and Symbolism: The Russian World of Art movement," *Literature and the Plastic Arts(1880-1930), ed. Ian Higgins* (New York: Harper & Row, 1973) 36.

5) 1880년대 철도왕 마몬토프는 예술촌 '아브람체보'를 만들었다. 아브람체보의 예술가들은 '러시아 스타일(Русский стиль)'로 불리며 보다 유럽화된 언어와 민중예술의 모티브, 민중의 신화시학적 창작을 접목시키고자 했다. 1882년 만들어진 목공방에서는 엘리자베타 마몬토바와 엘레나 폴레노바의 지휘로 각지에서 불러온 장인들과 함께 목공예품(резьба), 가구, 수예품, 직물, 장식품들을 생산하였으며 농민 자녀들의 교육이 이루어졌다. 또한 도자기 공방은 마몬토프 자신이 만들어 이후 미하일 브루벨이 지휘하면서 화병, 식기, 타일, 페치카 등을 생산하면서 삶과 예술을 결합시키려는 실질적 작업이 이루어졌다.

6) 사바 마몬토프와 함께 은세기 예술가들의 든든한 지원자였던 마리야 테니세바 공작부인이 탈라시키노에 만든 예술 공방.

7) 미술공예운동은 빅토리아시대의 대량생산으로 정직한 수공예 정신이 결핍되어 저속해진 공예를 미술과 공예의 재결합을 통해 해결하고자 했다. 이 운동은 건축물부터 침실 용품에 이르기까지 아름다운 물건을 창조함으로써 노동자들이 그들의 일자리에서 다시 미적 기쁨을 발견할 수 있다는 믿음을 바탕으로 한다. 제레미 러스킨과 윌리암 모리스를 대표로 한 이 운동은 19세기 말~20세기 초반에 프랑스의 아르누보(Art Nouveau), 독일의 '유겐트스틸(Ugenstil)', 빈의 '제체시온(secession, 분리파)'으로 이어졌다. 러시아에서는 〈예술 세계〉를 중심으로 한 '러시아 모던(русский модерн)'이 발생하였다.

동전람회파 예술은 과거의 예술이며 선진적인 유럽의 예술에 합류하는 것이야말로 러시아의 문화적 후진성을 극복하는 것이라 생각하였다.

〈예술 세계〉란 명칭에서도 알 수 있는 것처럼 예술세계인들은 19세기의 민주주의 비평가 체르니셉스키, 스타소프의 '예술의 사회적 책무'라는 공리주의적 예술관을 거부하고 '예술을 위한 예술'을 표방하였다. 그러나 일반적으로 예술지상주의라고 이해되는 '예술을 위한 예술'은 재고의 여지가 있다. 예술세계인들이 표방한 예술론은 프랑스의 〈파르나스(Parnasse)〉[8]처럼 부르주아적 삶의 형태를 혐오하는 미학적 귀족주의를 특징으로 한다. 미학적 귀족주의는 세련된 기호만이 아니라 실용주의와 거리를 둔 예술을 옹호하는 태도를 말한다. 이는 19세기 말 ~20세기 초 러시아의 문화적 상황에서 예술의 의미와 예술가의 임무에 대한 예술인들의 성찰에서 도출된 것이다. 현실성, 유용성과 같은 실질적 영역을 거부하고 미학적 영역에만 한정되어 있으려는 예술세계인들의 노력은 현대성에 대한 적극적인 거부의 표현으로서 또 하나의 사회적 태도라 할 수 있다.

예술세계인들의 '비정치성', '비사회성'은 실제로는 인간 문화가 수천 년 동안 쌓아온 정신적 가치를 강조한다. 댜길레프는

---

8) 일명 '고답주의'로 불리는 파르나스는 19세기 중반 프랑스에서 생겨난 유파로 고티에의 '예술지상주의'의 영향을 받은 낭만주의와 상징주의의 중간지점에 서있는 예술 유파.

새로운 예술의 이념을 다음과 같이 설명한다.

"우리는 아름다움 안에서 우리 인류를 위한 정당성을 찾아야
하며 개인 속에서는 인류의 최고의 발현을 찾아야 한다."[9]

예술세계인들의 유미주의는 세기말의 데카당으로 비난을 받
았지만 실제로 이들의 미(美) 개념은 삶과 인간 자신을 아름다
움으로 밝히는 것을 의미했다. 이들에게 미의 추구는 곧 '예술
을 통한 계몽'이라는 은세기의 예술의 맥락 속에서 이해될 수
있다.[10] 예술세계인들은 부르주아적 실용주의와 산문화된 일상,
자동화된 '노예적' 의식, 속물성(пошлость)에서 벗어나 아름다움
을 전파하는 것이 개성과 휴머니즘의 회복임을 굳게 믿었다.
알렉산드르 블록은 이들에 대해 다음과 같이 언급하였다.

"그 시절 화가들은 '순수 예술'의 깃발을 주장할 권리만이 아니
라 의무도 가지고 있었다. 이것은 단순히 전략적 기법이 아니
라 뜨거운 영혼의 확인이었다. '어떻게'라는 문제, 예술 형식의

---

9) Дягилев С. "Поиски кросоты," *Мир искусства* Т.1 Н. 1-2 (1899) 61. Неклюдова М.Г.
Традиции и новаторство в русском искусстве конца XIX-начала XX века (М., 1991)에서
재인용.

10) Неклюдов 95.

문제는 전투 슬로건일 수 있었다. 예술가 영혼의 깊이는 헤아
릴 수 없는 것이 아니었다. 그것은 저절로 그렇게 된 것이다.
형식의 문제들은 뜨거운 그리고 힘든 문제였는데 다만 깊이 있
는 사고와 깊이 있는 경험만이 완성된 형태를 찾을 수 있었다.
엄청난 힘이 형식의 발전에 부어졌다. 그것이 없이는 진정한
예술가의 첫걸음은 있을 수 없었다."[11]

---

11) Блок А. "Три вопроса," *Собрание сочинений в 8-ми т.* Т. 5 (М.-Л., 1962) 233.

복고와 양식화

예술세계인들의 아름다움의 추구는 곧 이들에게 새로운 예술적 형식의 추구로 표현되었다. 이들에게 새로운 형식의 시발점이 된 것은 아이러니하게도 과거였다. 이들의 예술은 선명한 복고 지향을 보여준다. 예술세계인들의 과거 지향은 이들의 출범 시점부터 선명하게 드러났다.

이들에게 현재는 저물어가는 한낮의 태양처럼 정점을 지나 사멸할 운명에 처한 시간이다. 그들은 "우리는 또 하나의 슬픈 시대를 살고 있다. 예술이 성숙의 절정을 마치고 지는 태양의 '이별의 빛으로 늙어가는 문명'을 바라보는 시기"이라고 이야기 한다. 그리고 그것은 발전의 영원한 법칙임을 말한다. 그러면서 그들은 "우리 모두가 그 찌꺼기인 부흥은 어디에 있는가?" "현재가 '찌꺼기'라면 그 고갱이는 어디에 있는가?"라고 질문을 한다. 이들은 예술 발전의 다양한 단계들, 낭만주의부터 시작해서 특정한 시기를 점해 온 미학적 경향들을 비판적으로 고찰한다. 이제 예술세계인들은 다음과 같은 결론에 도달했다.

이전의 모든 그룹들과 경향들은 자신의 발전단계를 거쳐 완결되었다. …… 우리는 회의적인 관찰자로 남았다. 같은 차원에서

우리 이전의 모든 시도들을 부정하는 그러한 회의적인 관찰자
가 되었다.

'회의적인 관찰자'에게 예술의 정점은 이미 지나갔으며 남은
것은 과거 뿐이다. 그러나 그 과거는 이미 돌이킬 수 없다는 점
에서 아이러니의 대상이 된다. 이들이 예술적 이상향으로 보는
18세기 러시아 궁정 사회도 그러한 대상이 된다.

베누아와 소모프는 자신들의 예술적 이상의 표현을 위해 18
세기를 전면에 등장시킨다. 서구문화를 지향했던 이들에게 18
세기는 예술과 삶이 일치하는 귀족주의의 황금기로 여겨졌다.
미학적 귀족주의를 지향하고 세련된 기호를 강조하며 실용주
의와 거리를 둔 예술을 지향했던 이들의 회화 속에는 18세기의
궁정과 귀족사회의 풍속이 등장한다. 베누아의 〈왕의 산책
(прогулка короля)〉(1906), 〈후작부인의 목욕탕(Купальня маркизы)〉(1906),
〈아르미다의 정자(Пвильон Армиды)〉(1907), 소모프의 〈편지
(Письмо)〉(1896), 〈아를레킨과 죽음(Арлекин и смерть)〉(1907), 〈아를
레킨과 부인(Арлекин и дама)〉(1912) 등이 대표적이다.

발레 〈아르미다의 정자〉(1907)의 의상과 무대 디자인을 맡은
베누아는 화려한 궁정 축일을 18세기 로코코 양식으로 무대 스
케치([도판 2])를 그렸다. 화려한 정원의 기둥들, 화려한 주름과

[도판 2] 〈아르미다의 정자〉 스케치(베누아, 1907)

다채로운 장식이 풍부한 의복들, 유려한 선들, 정교하고 리드미컬한 장식 등 모든 것들이 로코코적인 특징을 보여준다. 그런데 이 작품에서 로코코 스타일은 파격적인 화면 분할을 통해 쪼개져 있으며 장식들은 감정적으로 과부화되어 있어 오히려 '세기말(Fin de siècle)'[12]의 특성이 드러나 있다. 화면 아래를 채우고 있는 황제를 비롯한 높은 지위의 인물들이 저마다 화려함을 뽐내며 분주하게 모여 있지만 왠지 그림 전체는 정적인 분위기가 지배적이다. 인물 뒤로 우뚝 솟은 정원의 건축물들과 기괴할 만큼 커다란 나무들의 기념비적인 분위기가 오히려 인물들의 우연성과 시간적 한계를 더욱 극대화하기 때문이다. 예술세계인들에게 현실의 미학화라는 측면에서 이상적 세계로 주목받은 18세기 러시아의 궁정 귀족 사회는 현재의 시점에서는 되돌릴 수 없는 과거이기 때문에 아이러니로 표현된 것이다.

예술세계인들에게 과거 인류 문명의 모든 단계들은 현재의 시점에서 파르스(소극)에 불과하다. 고대 그리스 로마와 르네상스 시대에 미에 대한 믿음은 이후 인간 중심의 실용주의적 사고로 대체되었으며 그로 인해 미는 사라져 묘지로 변화되었다

---

12) '세기의 말'을 뜻하는 불어로 일반적으로 19세기 말을 의미한다. 통상 프랑스 예술, 특히 프랑스 상징주의자들과 관련이 있다. 19세기 말에 특징적인 문화적 인식으로 발생한 이 표현은 유럽 전체에 걸친 문화 운동을 일컫는 개념으로 사용된다. 문화적으로 급격하게 진동하는 시대의 말기에 전형적인 현상인 이 개념은 'La Belle Époque'와 함께 기대에 찬 흥분, 변화가 임박한 절망, 종말에 대한 예감 등을 포함한다. 러시아 문예학에서 사용하는 '은세기'라는 개념과 실제적으로 동일하게 사용된다.

는 것이다. [도판 2]에서 보듯 화려한 로코코의 정신은 무대에서 만 가능한 소극에 불과하며 넘치는 감정들은 오히려 현실감을 약화시키고 반대로 연극성을 더욱 부각시킨다.

예술세계인의 복고 지향성의 파토스가 아이러니라면 이들이 추구하는 미의 에토스는 '주관성'이다. 그들은 "우리는 어떤 사람보다도 그 언제보다 더 크고 넓으며 우리는 모든 것을 사랑한다. 그러나 모든 것을 스스로를 통해서(자신을 통해서) 바라본다."라고 이야기한다. 예술세계인들은 무엇보다 '아름다움'을 높이 평가하는데 이때 중요한 것은 '자신을 통해 모든 것을 본다'는 사실이다. 예술적 가치는 예술가로서의 '나'의 주관적 해석을 통해 창조된다는 것이다. 과거는 오로지 아이러니로만 엿볼 수 있다면 이들이 추구하는 영원한 아름다움은 오로지 '창조하는 나'를 통해서만 실재할 수 있다는 믿음. 이것이 바로 예술세계인들이 전통을 현대화하는 방식인 것이다. 전통에 대한 이러한 태도, 즉 창조적 '나'를 프리즘으로 하여 인지되는 모든 것을 반드시 변형시키는 것이 바로 예술세계인들이 전통주의와 혁신주의를 종합하는 방식이었다. 이는 이 시기 문화의 전형적인 특징이었다.

예술세계인들의 복고주의는 양식화와 깊은 관련이 있다. 양식화(стилизация)란 새로운 예술적 맥락에서 사용된 과거 스타일의 형식적 특질들과 형상 시스템의 재현 혹은 모방을 의미한다. 그런데 이것은 단순한 모방이 아니다. 원작의 외적인(보다 분명한) 양식적 자질들의 체득을 바탕으로 한 미학적 유사를 의미한다. 이때 그 양식적 자질들은 특별히 첨예하며 강조된 자질들이다. 그 결과 새로운 작품의 형상구조는 극히 표현적인 동시에 분명히 계산된 특성을 갖게 된다. 계산된 특성은 그 경우 미학적 선택과 창조적 변형의 기준을 규정하는 이성적 태도로 해석된다. 그러나 모든 경우에 미학적 결과는 많은 부분 예술가 개인의 역량에 달려 있다.

19세기 말~20세기 초 예술에 특징적인 양식화의 기저에는 이 시기의 심리학적 요소들이 작동하고 있다. 무엇보다 '세기말' 예술가가 갖는 인식, 즉 과거 작품들을 미학적으로 직접 전달하는 것이 불가능하다는 인식이 기저에 깔려 있다. 그 작품들이 지닌 형상적, 조형적 문제들을 새로운 시대에 그대로 이전하는 것이 불가능하다는 인식, 때문에 지난 형상들은 '나'라는 주관성을 거치는 변형의 과정을 거쳐야 한다. 여기에서 개인적인 한계를 넘어서 객관적 의미를 표현하는 예술적 가치를 창조하고자하는 예술인들의 바람은 양식화라는 객관화를 통해서 이루어진다.

양식화는 건축, 회화, 그래픽, 조각에서도 발견된다. 그러나 양식화를 장인정신으로까지 끌어올린 것은 예술세계인들의 공연 작업이었다. 러시아 역사에서 마지막으로 백과사전적 교육을 받았다고 여겨지는 예술세계인들의 다양한 시대와 민족 문화 예술에 대한 풍부한 지식들이 공연 예술에 이용되었다. 이를 통해 양식화는 진지한 예술적 형식의 하나가 되었으며 특정한 세계관, 심리적 특성, 창작방법론이 되었다. 20세기 초 극장은 모든 디테일에 있어서 계획된 예술적 양식화가 무대장식, 의상의 스케치와 다양한 소도구들 속에 표현되었다. 원형의 느낌을 유지하면서 새로운 시대의 인간의 정신적 흔적을 담고 있는 것과 같은 분위기를 자아내었다. 양식화를 통해 전통과 혁신의 접목이라는 측면에서 가장 성장 가능성이 높았던 분야가 바로 공연 예술이었다.

양식화를 가장 세련되게 예술적으로 이용한 장르가 바로 발레였다. 발레 〈목신의 오후(Послеполуденный отдых фавна)〉는 1912년 드뷔시 음악에 니진스키 안무, 피에르 몬테 연출로 파리에서 초연되었다. 이 작품에서 박스트는 의상과 무대 디자인에 참여하였다. 고대 그리스 로마를 주제로 한 발레는 1910년 다길레프가 그리스 여행에서 고대의 유물인 암포라(손잡이가 양쪽에 달린 목이 좁은 단지)에 그려진 문양에서 받은 영감을 니진스키에게 전하며 시작된 것으로 보인다. 레온 박스트는 니진스키와

[도판3] 헤라클레스와 아테네(암포라, 기원전 520년 경)

[도판 4] 〈목신의 오후〉 스케치(박스트, 1912)

함께 루브르 박물관에 있는 그리스 도자기들을 관찰하고 발레의 의상과 무대를 디자인한다.([도판3]) 박스트는 의상을 만들기 전에 고대 그리스 회화를 세밀히 연구하였다. 그 결과 박스트가 만들어낸 의상은 장식의 실루엣과 특성에 있어서 고대 꽃병에 그려진 그림들을 상기시켰다.

〈예술 세계〉에는 다양한 화가들이 모였다. 이들은 다양한 전문적 준비과정을 거쳤다. 그럼에도 불구하고 예술세계 핵심인물들은 형상적 해결에 있어 방법론과 원칙에 공통점을 가지고 있었다. 그들은 기본적으로 이미 완성된 전통을 원천으로 삼았다. 예술세계인들은 실사작업에 큰 의미를 두었다. '상상'을 그려냄에 있어서도 이들은 주관적인 인식과 객관적 지식 사이의 균형을 잡으려 애썼다.

베누아는 〈예술 세계〉가 표방하는 공동체성에 대해 다음과
같이 언급한다.

나는 〈예술 세계〉가 이 세 가지(예술가 단체, 전시 조직, 잡지 - 필자)
중 하나로 분리되어 이해되기 보다는 통합체로 이해되어야 한
다고 생각한다. 좀 더 정확하게 말하자면 그것은 그 자체의 삶
을 살고 자체의 특별한 관심과 문제를 지니고 있는, 그리고 많
은 방식으로 사회에 영향을 주며 예술 (말하자면 문학과 음악을 포
함하는 넓은 의미에서의 예술)에 대한 바람직한 태도를 고취시키려
고 노력하는 일종의 **공동체다.**[13](고딕 - 필자)

〈예술 세계〉가 표방하는 예술적 공동체의 이상은 예술세계
인들에게 예술 이념이자 창작 방법론이었다. 화가, 음악가, 비
평가, 시인, 소설가 및 철학자들의 공동 창작행위의 결과로 만
들어진 잡지 〈예술 세계〉는 예술세계인들의 종합주의적 비전
을 그대로 보여준다.

---

13) Бенуа А. *Возникновение Мира искусства* (Ленинград, 1928). 캐밀러 그래이, 『위대한 실험.
러시아미술. 1863-1922』 머라이언 벌레이-모틀리 개정 편집, 전혜숙 옮김 (서울: 시공사, 2001)
42쪽에서 재인용.

예술세계인들의 새로운 형식에 대한 모색은 이론적 문제에 대한 관심으로 이어졌다. 이들은 예술적 종합, 종합주의적 방법론의 문제, 그래픽과 그 특성, 현대 서구 예술가들의 작품의 확산을 논의하였다. 특히 이들은 종합주의적 예술 방법론에 심취하였는데 이는 이들이 그래픽 디자인에 큰 관심을 두었다는 것에서도 알 수 있다. 예술세계인들의 그래픽 디자인은 다양한 양식과 장르가 혼합된 종합주의적, 장식적 특성을 극도로 강조하는 특징을 가지고 있다.

'예술의 종합'의 열망은 이 시기 모던의 특징이었다. 〈예술세계〉의 이론가였던 댜길레프와 베누아는 리하르트 바그너의 '종합예술론(Gesamtkunstwerk)'에 심취하였다. 바그너의 '음악극(Musikdrama)' 사상은 당대 러시아 예술가들 사이에 미래 예술의 전범으로 간주되었으며 예술 활동만이 아니라 사회적이고 역사적인 비전에 있어서도 상당한 영향을 미쳤다. 무대를 통합 예술의 이상이라고 보는 바그너의 사상은 베누아에 의해 적극적으로 받아들여졌다. 예술세계인들은 극장예술이야말로 회화, 건축, 음악과 시의 창조적 종합이 가능한 장르라고 확신하였다. 종합예술 장르인 발레와 오페라에 대한 예술세계인의 관심은 이후 예술 세계의 2기라고 할 수 있는 〈발레 뤼스〉의 활동으로 전개되었다.

예술세계그룹은 1898년 생겨나 1924년까지 약간의 휴지기를 두고 존재하였다. 동명의 잡지는 1898에서 1904년까지 6년 동안 발간되었다. 1903년에 상트페테르부르크 예술세계인들은 모스크바 그룹인 〈화가 36인(36 художников)〉과 통합하여 〈러시아 화가 협회(Союз русских художников)〉를 결성하였다. 그러나 잡지 〈예술 세계〉는 지도자였던 베누아와 메레지콥스키의 사상적 차이로 결국 1904년에 폐간되었다. 이후 잡지 〈아폴론〉이 〈예술 세계〉의 모더니즘적 경향성을 계승하였다. 〈예술 세계〉의 또 다른 사상적 지도자였던 댜길레프는 1906에서 1914년까지 파리에서 러시아 발레단 〈발레 뤼스〉를 결성하여 러시아 예술 전시회와 공연을 기획하였다. 1910년에 〈러시아 화가 협회〉는 다시 모스크바와 페테르부르크 화가 그룹으로 분리되는데 이는 알렉산드르 베누아가 미하일 라리오노프, 파벨 쿠즈네초프 등과 같은 신생 모스크바 아방가르드 예술인들을 격렬하게 비난한 것에서 기인한다. 결과적으로 니콜라이 레리흐를 의장으로 하는 새로운 〈예술 세계〉가 건설되었다. 페테르부르크 예술인들만으로 구성된 이 새로운 〈예술 세계〉는 1924년까지 존재했다.[14]

〈예술 세계〉는 그 시대의 예술적 세력들이 연대할 수 있는

---

14) http://www.synnegoria.com/tsvetaeva/WIN/silverage/painter/miriskusstva.html

구심점이 되었다. 〈예술 세계〉의 전시와 출판물들은 동시대 예술가들의 시야와 창작 영역을 넓히면서 그들을 불러 모았다. 예술세계인들은 시대의 분위기에 부응하면서 이 시기 의미 있는 거의 모든 예술적 활동에 참여하였다. 〈예술 세계〉는 창작 경향, 특히 회화와 조형 시스템의 특징으로 볼 때 전환기의 문화라고 할 수 있다. 예술세계인들은 이전 시대와의 완전한 절연을 꾀하지 않았으며, 이후 아방가르드 예술가들과 비교한다면 새로운 예술 원리의 완전한 대표자가 되지도 않았다. 그러나 이들이 표방한 '예술의 종합', 자유로운 예술가들의 영역 확대, 거침없는 협업과 공생의 경험은 이후 러시아 아방가르드 예술에 고스란히 전해졌다. 예술세계인들은 은세기를 러시아 역사상 가장 풍요로운 문화 예술 시대로 이끌었다.

참고문헌

캐밀러 그래이. 『위대한 실험. 러시아미술. 1863-1922』 머라이언
벌레이-모틀리 개정 편집. 전혜숙 옮김. 서울: 시공사,
2001.

Bowlt John. "Synthesis and symbolism: The Russian World of Art
movement." *Literature and the Plastic Arts(1880-1930).* ed.
Ian Higgins. New York: Harper & Row, 1973. 35-48.

Неклюдова М.Г. *Традиции и новаторство в русском искусстве
конца XIX-начала XX века.* М., 1991.

Блок А. *Собрание сочинений в 8 томах. Т. 5* М.-Л., 1962.

http://www.synnegoria.com/tsvetaeva/WIN/silverage/painter/
miriskusstva.html

2장 신원시주의와 민중 판화 루복*

문명 탈출

　20세기 초 유럽의 아방가르드 예술가들은 새로운 예술 언어의 창조를 위해 다양한 노력을 펼친다. 야수파, 표현주의, 입체파, 오르피즘, 미래주의, 구축주의, 다다이즘과 초현실주의에 이르는 이 시기 거의 모든 서구의 미술 학파들은 그 구성인자들의 다양한 개성과는 별도로 예술적 혁신이라는 동일한 의식의 흐름을 형성하였다. 이들은 가깝게는 세잔느와 후기 인상주의, 멀리는 고딕 및 중세 동양의 예술 양식과 함께 이전까지 아카데믹한 예

---

* 2장은 논문 「민중 판화 루복과 러시아 아방가르드 미술」(2004, 『러시아어문학연구논집』)을 수정, 보완한 것이다.

술적 시야를 벗어나 있던 '나이브 미술(Naive Art)'[1], '원시주의
(Primitivism)등에 관심을 가진다.

세기의 전환기에 새로운 형식을 모색하던 예술가들은 미술에
서의 원시주의에 주목하게 된다. 이미 19세기에 고갱을 통해서
원시 문화의 매력을 맛본 서구의 혁신적 예술가들은 비 유럽군
미술에서 주제나 형태를 빌린 조형 예술, 즉 '신원시주의(Neo -
Primitivism)'라는 새로운 예술적 좌표에 서게 된다. 고갱은 타히티
섬의 풍속과 원주민을 모티브로 한 그림을 그렸으며 피카소는
아프리카 조각에서 영향을 받은 형상을 그림에 담아내었다.

여기서 일반적으로 동의어로 사용되는 원시적인 것(The Primitive)
과 원시주의(Primitivism)의 개념을 살펴볼 필요가 있다. 원시적인
것이라는 개념은 19세기부터 사용되어진 용어로써, 동시대 유럽
의 사회와 그들의 문화와는 '다른' 덜 문명화된 사회와 문화를
구분하는데 이용되었다. 19세기 중반 무렵 이 용어는 이미
14~15세기의 고대 이집트와 페르시아, 인도, 일본, 페루와 자바
섬의 문화 및 '자연에 보다 가까이' 있는 사회의 생산물들 그리

---

1) '나이브 미술'은 정식 교육을 받지 못했지만 자신의 미술 활동에 전념하는 미술가들에 의해 만
들어졌다. 나이브 미술은 어린아이가 만든 것처럼 순수해 보이며 즉흥적으로 보이지만 미술
사적으로 전통적인 구성과 기법을 빌려 사용하는 경우가 흔하며 어느 정도의 예술성을 유지
한다. 선명한 채색, 풍부한 세부 묘사, 평면적 공간 처리와 같은 특징을 보여준다. 나이브 미
술에 대한 현대의 관심은 '원시적' 문화와 무의식적 정신 상태의 탐구에 매혹된 모더니즘에서
유래했다. 로버트 앳킨스, 『알기 쉬운 현대 미술의 개념풀이』 박진선 옮김/김영나 감수 (서울:
시공사, 1994) 100-101 참조.

고 많은 미술사가가 아프리카와 오세아니아의 '부족(tribal) 예술'
이라고 불렀던 것들로 확대되었다. 한편, 원시주의는 원시적인
것을 지향하는 사회나 그들의 예술품에 대한 서구적 관심 혹은
예술적 재구성을 말한다.[2]

서구적 틀 속에서 원시적인 것의 개념은 이중적이다. 이 개념
은 경멸의 뉘앙스를 가지는 동시에 긍정적인 가치의 척도로서도
이용되었다. 영국이나 독일 및 프랑스인들이 아프리카와 남태평
양에서 식민지를 확대하고 민속 박물관을 만들고 다양한 형식의
인류학적 연구를 진행하였다. 이들은 '야만적인' 비 문명성과 문
화적 '진보'의 결핍의 증거로써 식민지 사람들의 예술품을 전시
하였다.[3] 동시에 지나치게 문명화된 세기말 서구 유럽 사회에 대
립되는 것으로서 '원시적' 삶을 순수와 선의 지표로 여기는 태도
가 한편으로는 유럽 문화 내부에서 지지 기반을 얻었다. 이는
'성스런 야만'의 개념과 함께 문학과 회화의 오랜 전통인 목가주
의(pastoralism)'의 영향을 받은 것이다. 이 견해의 핵심은 '원시적
인' 단순한 삶과 사회를 보다 순수한 사상과 경험의 등가물로 여
긴다는 것이다. 19세기 독일 철학자 헤르더에 의해 발전된 낭만
적 인식의 일종인 이러한 태도는 '단순한' 사람들과 보다 직접적

---

2) Gill Perry, "Primitivism and the 'Modern'," in Charles Harrison, Francis Frascina, Gill Perry, *Primitivism, Cubism, Abstraction: The Early Twenties Century* (New Haven & London, 1993) 5.

3) Gill Perry는 이러한 견해를 문화발전에 대한 '사이비 다윈이론'이라고 지적한다. Gill Perry 6.

이고 순수한 표현 사이에 연관이 있다는 생각을 기반으로 한다. 이러한 맥락에서 농민과 민속 문화의 창조성은 새롭게 조명 받기 시작하였다. 원시 미술과 예술품의 모더니즘적 재평가 속에서 이러한 사상은 다시 각광받기 시작한다.

'원시적인 것'에 대한 서구의 열렬한 관심은 낭만적 환상에 근거한 것이기는 하지만 현대의 미술가들은 진정한 감정을 전달하기 위해 다양한 종류의 원시적인 주제와 원시적인 형상화 기법을 활용하였다. 1929년에 푸닌은 원시주의 예술과 서구 회화의 위기에 대해 다음과 같이 평가를 내리고 있다.

> 원시 예술은 예술적인 유럽의 새로운 부흥을 자극하는, 어쨌든 유럽의 심오한 혁신을 자극하는 동력이다. 원시 예술은 부르주아 예술의 오랜 전통의 폐쇄된 사슬을 끊고 완전히 새로운 문화적 세계들의 힘을 이 전통 속으로 들여왔다. 원시 예술은 관념적 예술론으로 인해 발생한 유럽 예술 문화의 내적 모순들을 약화시켰다. 형식적인 측면에서 원시 예술은 문예부흥기에 의해 제약을 받았던 회화를 여러 조건들로부터 벗어나게 해주었고 그럼으로써 폐쇄된 '르네상스적 형식'을 민중 예술과 가깝게 만들었다. 민속화, 농민들의 장난감, 벽화 등이 현대 예술에 미친 영향에 대해서는 누차 지적되어 왔다. 원시 예술은 마침내 현대 예술

가에게 예술 언어의 생생한 힘과 강력한 표현력을 제공해 주었다. 이러한 힘과 표현력은 우리 시대의 예술을 특징짓는 것으로써, 우리 시대의 예술을 18세기 말~19세기 초의 다소 침체되고 빛바랜 예술과 차별화시켰다.[4]

이와 같이 서구에서 원시주의는 아시아, 아프리카, 오세아니아와 같은 비 유럽권의 문화적 충격에 의해 발생했으며, 위기 상황에 처한 서구 예술계에 새로운 자극이 되었다. 반면 러시아의 원시주의는 이와는 다른 과정으로 전개되었다. 흥미롭게도 이러한 과정은 러시아의 문예학적 상황과 긴밀하게 연관되어 있다.

1912년 미하일 라리오노프와 나탈리야 곤차로바, 카지미르 말레비치, 블라디미르 타틀린, 블라디미르 마르코프는 〈당나귀 꼬리(Ослиный хвост)〉를 결성한다. 이 단체는 입체파적인 비구상적 경향과 야수파적인 분위기 그리고 이콘과 루복의 구도와 기법, 대담한 색의 사용 등과 같은 특징으로 인해 '신원시주의(Neo-primitivism)'라는 별칭을 얻게 되었다.[5] 이들은 「광선주의자들과 미래의 사람들(Лучисты и Будущники)〉(1913)이라는 선언문을 통해 신원

---

4) Пунин Н. "Искусство примитива и современный рисунок," *Искусство народностей Сибири* (Л., 1930) 16-17. Лебедв А. "Примитив в России XVIII-XIX столетий как проблема истории искусства," *Примитив в Изобразительном искусстве: Материалы научной конференции 1995* (М., 1997) 11에서 재인용.

5) 이덕형, 『러시아 문화 예술 천년의 울림』(서울: 성균관대학교 출판부, 2001) 388-389.

시주의와 미래주의의 종합을 꾀하였으며 자신들을 '미래의 사람들'이라고 불렀다. 러시아의 미래주의자들의 문학적 경향과 러시아의 비구상 회화의 절묘한 만남이었다. 여기에 이론적 기반을 제공한 것이 러시아 형식주의 문예학이었다.

미래주의 작가들과 러시아 비구상 화가들, 그리고 러시아 형식주의 문예 이론가의 공통 관심사는 '의미 발생'의 문제였다. 흘레브니코프나 크루초니흐와 같은 미래주의 작가들이 사용한 '초이성어(Заумный язык)', '말 그 자체(слово как таковое)', '자족적인 언어(самовитое слово)'와 같은 개념은 일반적으로 알려진 바와는 달리 의미 그 자체를 폐기 했다기보다는 말과 대상의 관례적 관계를 벗어나 의미의 다양성을 추구했다고 할 수 있다.[6] 즉, 언어의 관례적 의미 작용에서 벗어나 언어, 특히 소리 그 자체가 가지고 있는 이미지, 혹은 의미를 추구하였다. 이들의 관심사는 기존의 반복적이고 천편일률적인 의미망에서 벗어나 어떻게 하면 새로

---

6) 기존의 언어와 문학적 전통을 파괴하고 새로운 예술을 창조하고자 했던 미래주의자들은 일차적으로 텍스트의 기본 단위인 언어를 개조할 것을 주장하였다. 그들의 목적은 시클롭스키의 표현대로 '세계 감촉을 상실한 죽은 언어를 부활'시키려는데 있었다. 이들에게 중요한 것은 '잘린 단어들, 반쪽짜리 단어들, 이것들의 교묘한 결합(초이성어)'를 통해서 '과거의 굳은 언어를 파괴'하고 '최고의 표현성'을 획득하는 것이다. 이들은 의미와 이미지 없이 소리의 결만으로도 이루어질 수 있는 시(예를 들면 흘레브니코프의 「웃음의 주술(заклатие смехом)」)를 창조해 내기도 했다. 그러나 어얼리치가 지적한 바와 같이 미래주의자들은 언어의 의미와 실제 대상, 즉 지시체를 혼동하였으므로 정확히 말해서는 '의미로부터의 해방이 아니라 지시체에 대면한 (언어의) 자율성'을 추구하였던 것이다. Victor Erlich, *Russian Formalism* (New Heaven & New York, 1981) 185; 권철근, 김희숙, 이덕형, 『러시아 형식주의』 (서울: 한국외국어대학교 출판부, 2001) 46-48 참조.

운 의미를 만들어낼 수 있을까에 집중되어 있다. 미래주의 작가
들이 이를 위한 문학적 실험을 수행하였다면, 형식주의 문예 이
론가들은 이를 이론화하는데 주력하였다. 시클롭스키는 예술의
목적이란 '지각의 자동성'의 탈피를 위해 의도적으로 인식을 지
연시켜 사물을 새롭게 바라보도록 만드는 것이라고 주장하였
다.[7] 그의 '낯설게 하기' 개념은 달리 말하면 일상적이고 습관적
인 반응에 물들지 않은 '어린아이의 눈'으로 바라보는 것과 같은
의미이다.[8] '유아적 인식'은 관습과 구태에 물든 시각으로 모든
사물을 고정된 시선에서 보는 것에서 벗어나 사물과 사물, 사물
과 인간, 인간과 세계에 대한 새로운 관계의 형성을 가능하게 만
드는 것으로 많은 아방가르드 미술가들의 전략적 개념 중 하나
였다. 이러한 '유아성'은 원시주의가 문명인으로서의 존재를 벗
어나 세계에 대한 새로운 시각, 자연에 가까운 순수성을 추구한
다고 볼 때 원시주의와 동일한 맥락으로 이해될 수 있다.

　'의미 발생'에 대한 아방가르드 예술가들의 연구는 새로운 예
술 언어의 창조로 이어졌다. 미래주의 시인들은 소리 그 자체가
의미를 발생시킨다고 하는 '소리 - 이미지(звук - образ)'라는 문학적

---

7) Шкловский В. "Искусство как прием," *О теории прозы* (М., 1983) 15.

8) 19세기 후반의 실증주의적이며 공리주의적인 예술관과의 투쟁을 선언하며 등장한 러시아 모
더니스트들은 작가들의 '순수성' 혹은 '유아성'과 같은 개념을 빌어 예술의 독자성을 옹호하
였다. 이와 같은 현상은 특히 모더니즘의 언어관에서 분명히 드러난다. 예를 들어 안드레이
벨리의 소설 『코틱 레타예프』에는 인간 자의식의 생성과 관련된 언어의 습득 과정이 묘사되
어 있는데 여기서 작가는 관습적인 언어 사용에 대한 저항을 드러낸다.

아방가르드 개념을 사용하였다. 이와 유사한 개념으로 아방가르드 화가들은 '색채 - 이미지(цвет-образ)'라는 용어를 사용하였다. 아방가르드 화가들은 선과 면 및 색 자체가 주는 비 대상적 색채 - 이미지를 추구하였다. 이들은 예술에 있어서 고전적 의미의 재현이라는 개념의 폐기를 선언하고 비구상적인 '순수' 회화를 모색하였다.

아방가르드 회화의 흐름을 살펴 볼 때 흥미로운 것은 이후 전개 과정의 차이와는 별개로 작가들이 초기 단계에서 어떤 식으로든 원시주의를 거친다는 점이다. 라리오노프와 곤차로바, 셉첸코 등은 스스로를 '신원시주의' 예술가라고 불렀으며 말레비치도 초기에는 신원시주의 작품을 생산하였다.

알렉산드르 셉첸코는 1913년 '신원시주의'에 대한 자신의 책에서 다음과 같이 언급한다.

"우리는 우리 예술의 새로운 길을 찾고자 한다. 그러나 과거의 것도 부정하지 않는다. 과거의 형식들 가운데 가장 중요한 것은 원시주의이다. …… 단순하고 순진한 루복의 색채, 원시주의의 엄격함, 예술가의 창조적 손에 의해 하나로 모아진 스타일의 거룩함과 좋은 색, 바로 이러한 것이 우리의 구호이며 슬로건이다.(생략-필자)"[9]

신원시주의는 효과적인 표현성을 높이기 위해 대담한 생략과 과장법을 사용하며 원색에 의한 강렬한 인상을 주는 고갱, 마티스 등과 같은 야수파의 화법을 차용한다.[10] 그러나 셉첸코가 언급했듯이 러시아의 예술가들은 루복과 같은 '과거'에서 온 민속·민중 예술에서도 새로운 활력을 얻었다. 이러한 예술가들의 관심 속에 당시로는 장르로서 사멸했다고 할 수 있는 민중 예술 장르인 민중 판화 루복이 '재발견'된다.

새로운 예술이 '루복적 회화'에 기대고 있다는 점은 아방가르드 예술가인 르 단튜의 다음과 같은 선언에서도 찾아 볼 수 있다.

러시아에서 공식적인 서구주의를 도입한 이후에 표트르 대제 시기 민속 예술은 치명타를 맞게 되었다. 동시에 소위 '국가 예술'과 '고급' 회화가 발전하고 아카데미즘이 시작되었다. 이와 함께 이전의 '주류 예술'의 전통에서 출발한 민중 예술인 루복의 발전

---

9) Шевченко А. *Нео-примитивизм. Его возможности. Его достижения* (М., 1913) 55-56. Бернштейн Д.К. "Татлин?! Гончарова?! Ле Дантю?! (Об одном загадочном лубочном опыте русского классического авангарда)," *Мир народной картинки* (М., 1999) 364에서 재인용.

10) 이덕형 390 참조.

도 눈에 띄었다. 이는 불가피한 것이었으며 루복 회화의 형식은 전통의 계승을 말하고 있다. …… 로빈스키의 루복 수집품을 보는 것만으로도 이를 확신할 수 있다. …… 이 시기(표트르 대제의 개혁 이후 지나온 - 필자) 동안 진정한 예술가들이 창조한 가치 있는 예술품들을 찾아내야 하며 루복과 간판 및 자수 등과 같은 다양한 민중 예술품의 독자성을 인정하고 그 계승의 특성들을 연구하여야만 한다. 루복을 현대적으로 연구하면서 우리는 향후 예술 발전의 무한한 가능성을 그 속에서 개척해야 한다.[11]

아방가르드 미술가들이 언급한 루복의 예술적 가능성은 과연 무엇일까?

---

11) Ле Дантю М. "Живопись веков," *Минувшее: Ист. Альманах Вып.* 5 (М., 1991) 196-197.

스네기료프(H. Снегирев)와 로빈스키(Д.Ровинский)의 저작 덕분에 루복 혹은 '민속화(народные картинки)'는 19세기 러시아의 엘리트 계층에 알려진다.[12] 당시 루복에 대한 관심은 민속학적이며 인종지학적 현상이라고 할 수 있다. 어느 누구도 루복을 예술적 가치가 있는 작품으로서 생각하지 않았다. 공식적인 미술계에서도 루복을 예술로 인정하고 있지 않았다. 19세기 후반에 러시아 농촌을 사랑하였던 화가들도 농가의 벽에 걸려 있던 루복을 수백 번 보았으나 그것의 가치를 알아보지 못하였다. 그들에게 루복은 예술적으로 의미가 없는 것이었으며 회화적으로 흥미가 없는 것이었기 때문이다. 물론 이동전람회파의 그림과 루복 사이에 관련성이 아주 없는 것은 아니지만 그것은 어디까지나 주제와 모티브 및 민속학적 측면이었을 뿐이다.

19세기 말 무렵 예술계 내부에 예기치 않은 변화가 일어난다. 민중 예술이 화가들의 직업적 관심의 대상이 된 것이다. 새로운 예술에 대한 탐구의 과정에서 블라지미르 마르코프는 선구적 역

---

12) 스네기료프는 루복이라는 용어를 처음으로 사용한 최초의 러시아 민속화 연구자이다. 1822년 그는 '루복 그림(лубочные картинки)'이 러시아 서민의 화랑이자 문자 세계를 구성하는 사료로서 문자와 그림으로 구성된다고 정의하였다. 로빈스키는 방대한 양의 루복을 수집하여 5권으로 정리한 『러시아 민속화(Русские народные картинки)』를 출판하였다. 현재 소실된 많은 루복의 도판을 싣고 있어 루복 연구에 중요한 자료로 현재까지도 의미가 크다. 이형숙, 「루복의 예술 체계」, 『러시아 연구』 13권 2호 (2003) 151 참조.

할을 하였다. 1910년대 초반 마르코프는 비잔틴, 고대 러시아, 중국, 에스키모, 북아시아의 민족들, 극동지역의 예술에 관심을 갖게 된다. 그는 이전까지는 누구도 예술로 보지 않았던 민중 창작품들을 처음으로 연구하기 시작한다, 그의 논문 「새로운 예술의 원리들」(1912), 「이스터 섬의 예술」, 「사설」(1914), 「중국의 피리」(1914), 「흑인 예술」(1919) 등은 동시대 예술가들의 관심을 고대와 동양 예술로 돌려놓았다.

그의 이론은 루복에 대한 직접적인 언급을 담고 있지 않지만, 이전까지 '원시적'이라는 이유로 진지한 관심의 대상으로 여겨지지 않던 예술 현상도 독자적 예술 형식으로서 미학적으로 가치 평가가 가능하다고 하는 점을 인식시켰다. 마르코프는 러시아에서 처음으로 고대 그리스 로마의 규범만을 본보기로 삼는 유럽 중심적 예술관에 반대하였다. 그는 대상에 대한 과도한 추종, 기하학적 시점, '해부학적' 사실주의, 색채 모방과 같은 유럽 미학의 도그마를 비판하였다. 그의 사상은 러시아 민속 예술에 대한 민속학적 관심을 예술적 관심으로 돌려놓는 계기를 마련하였다.

민중의 자유로운 상상력과 창조력을 바탕으로 독자적인 미적 세계를 가지는 루복은 이 시기 혁신적 예술가들에게 새로운 예술의 비전을 제시하며 구상적 회화에서 비구상회화로의 이행에 지대한 영향을 미치게 된다.

러시아 민속 미술에 대한 미하일 라리오노프(1881~1964)의 관심은 러시아 상징주의자들의 영향을 받은 것이다. 1880년대 초 마몬토프는 아브람체보에 미술가들과 수공업 장인들을 위한 작업장을 만들었으며 십년 후 테니세바 공작부인은 탈라시키노에 아브람체보와 유사한 미술 센터를 세웠다. 그 시대의 선도적 예술가들은 모두 이곳에서 작업을 하며 연구하였다. 이곳은 모두 댜길레프의 〈예술 세계〉 잡지에 1898-1904년까지 소개되었다. 실제로 러시아 미술과 수공업의 테마는 〈예술 세계〉 미학의 중심 테마였다. 테니세바와 마몬토프는 그 당시 〈예술 세계〉의 후원자였으며 〈예술 세계〉의 첫 번째 전시회에 아브람체보의 도자기와 자수 공예품이 포함되었다. 이곳에서 작업하던 많은 예술가들은 〈예술 세계〉의 일원이었다. 라리오노프는 창작 초기부터 전통 미술의 부활을 인식하고 있었다. 이 시기 라리오노프와 댜길레프의 친밀한 관계와 라리오노프가 〈예술 세계〉 회원으로 활동하게 된 것은 이러한 관점에서 매우 의미가 깊다고 할 수 있다. 〈예술 세계〉에 뒤이어 농민 미술과 수공업에 대한 관심은 상징주의 그룹인 〈푸른 장미〉 미학의 일부를 형성하였으며 관련 논문이 〈황금 양모(Золотое руно)〉에 개제되었다. 라리오노프의 친구이자 〈푸른 장미〉의 리더였던 파벨 쿠즈네초프는 러시아 자수 공예품에 대한 논문을 썼으며, 잡지에는 러시아 이콘, 베네치아노프와 그의 학파, 페르시아 세밀화에 대한 긴 논문들을 싣기도 했다.

최초의 루복 전시회가 1913년 2월 19~24일 라리오노프와 당시 젊은 건축가였던 비노그라도프에 의해 성립되었다. 러시아 루복 외에도 동양의 루복(중국, 일본, 한국, 부랴트, 페르시아)과 서유럽의 판화들이 전시되었다. 이 전시에는 루복 외에도 간판과 쟁반, 빨래판 등이 등장하였다. 라리오노프는 '이 모든 것이 광의의 의미에서 루복'이며 '모두 위대한 예술'이라고 규정하면서 기존의 루복에 대한 개념을 확장시키며 그 예술적 가치를 주장하였다. 전시회가 열리고 한 달 후인 1913년 3월 24일 라리오노프는 기념비적인 전시회 〈진본 이콘과 루복 전시회(Выставка иконописных подлинников и лубков)〉를 개최한다. 596점의 전시품 가운데 170점이 러시아 루복이었다.

전시회가 개최되기 이전에 이미 라리오노프는 〈전 러시아 예술가 대회〉(1911)에 대해 다음과 같이 언급하였다.

대회의 필요성은 자명하다. 이러한 대회를 통해서만 러시아의 고대와 그 기념비의 보존을 위한 조건들이 마련될 수 있다. ……

러시아의 풍부한 비잔틴 예술은 보호받아야 한다.[13)]

　나탈리야 곤차로바도 이콘 및 루복, 기타의 민족 예술 기념비들의 국외 반출을 금지해야 한다고 주장했다.

　사실 라리오노프와 곤차로바가 루복에 관심을 가진 이유는 그것이 단순히 러시아의 전통 유산이기 때문은 아니었다. 그들은 루복을 하나의 역사적 유산으로 뿐만 아니라, 고유한 예술적 특성을 가진 독자적인 예술로 생각하였다. 라리오노프는 시대를 뛰어넘어 예술이 예술로서 영원성을 획득할 수 있는 것은 바로 '조형성'이라는 점에 주목하였다. 사회적, 철학적, 심리적 요소와 같은 외적 자질로 예술성을 판단하는 기존의 미학적 태도에 반하여 조형예술의 본질적 자질에 집중하려는 라리오노프의 태도는 동시대 아방가르드 예술가들의 공통된 태도였다. 이제 선과 면, 그리고 색채와 같은 조형예술의 본질적 자질들에 예술가들의 관심이 집중되면서 이러한 측면에 기존의 아카데미 예술과 질적으로 차이가 있는 루복과 같은 비(非) 아카데미 예술이 조명을 받게 된 것이다.

　라리오노프의 전시회에 진열된 '골리세프의 루복'[14)]들은 2~3

---

13) *Против течения* 1911, 24 дек.

14) 19세기 후반 루복은 대규모 가내 수공업으로 발전하게 되면서 발행하는 인쇄소의 소유자의 이름에 따라 불리게 된다. 골리세프 인쇄소에서는 연간 53만점의 루복이 생산되었고 루복은

번의 붓질로 채색이 이루어지는 '콘베이어 벨트 방식'[15]으로 그려진 것들이었다. 아닐린 염료 채색은 그림의 외곽선을 넘나들며 장식적인 얼룩을 만들어 낸다. 루복 연구자들은 이러한 방식을 부주의함 혹은 거침으로 표현하면서 이는 서둘렀기 때문에 어쩔 수 없었던 결과로 보았다. 그러나 라리오노프는 이러한 방식을 루복의 고유한 예술적 기법이라고 처음으로 공인하였다. '서두름'은 루복 제작 상의 제한된 상황에서 예술적이며 형상적인 출구로서 모색된 것이다. 이러한 회화적 기법은 20세기 초 아방가르드 책의 삽화를 채색하는 방식으로 널리 보급되었다.

거리의 간판과 발라간적인 민속 문화와 같은 민중 예술에 관심을 가진 라리오노프는 자신의 초기 신원시주의적 작품 속에서 루복의 형상을 차용한다. 1909년 〈황금 양모(Золотое руно)〉의 세 번째 전시회에서 그는 야수파에서 파생된 대담한 선과 추상적인 색채를 사용하여 독특한 표현성을 획득하고 있다. 동시에 시베

수백명의 여자와 어린 아이들에 의해 손으로 채색되었다. Некрылова А. *Русские народные городские праздники, увеселения и зрелища. Конец XVIII - начало XX века* (СПб., 1988) 102.

15) 대량 생산이 시작되면서 과거 꼼꼼하게 손으로 채색하던 작업은 컨베이어 벨트가 돌아가듯 기계적인 방식으로 이루어졌다. "수 천 혹은 수 백 개의 그림을 받은 여성 노동자들이 자식들이나 자매들과 함께 일단 모든 그림에 노란색을 칠한다. 색을 칠한 그림들을 바닥에 펼쳐 놓고 말린다. 물감이 마르면 각 계열 별로 산딸기색과 붉은 색과 하늘색을 칠하고 끝으로 녹색으로 마무리한다. 그러면 작업이 종료된다." Голышев И. "Картинное и книжное народное производство и торговля: Рассказ И.А.Голышева, основателя и владельца литографии в слободе Мстера." Соколов Б. *Художественный язык русского лубка* (М., 1999) 94-95 에서 재인용.

리아의 자수품과 전통적인 반죽 형태 및 장난감들 그리고 농가의 목판화 루복에서 받은 영감을 표현하고 있다.[16] 〈장교의 이발사(Офицерский парикмахер)〉(1908 - 1909), 〈줄무늬 셔츠를 입은 자화상(Автопортрет в полосатой рубашке)〉(1910), 〈말 탄 병사(Солдат на коне)〉(1911), 〈휴식 중의 병사(Отдыхающий солдат)〉(1911)에는 '어린아이 같은 원시주의' 양식으로 루복적 형상이 나타나는데 이는 관객을 루복적인 유희로 이끈다.[17] 라리오노프의 신원시주의는 조야하고 강렬한 색채와 평면성, 그리고 깊이와 시점의 부재를 특징으로 한다. 예를 들어 '군인' 연작의 초기 작품인 〈휴식 중의 병사〉([도판 1])는 작업 후 휴식을 취하고 있는 병사의 모습이 그려져 있다. 하늘색의 벽면과 짙은 갈색의 땅으로 화면 전체가 비스듬하게 양분되어 있으며 여기에 둔중한 몸집의 병사는 이 두 공간을 반대 방향으로 가르는 자세로 누워있다. 그러나 병사의 자세는 부자연스럽게 뒤틀려 있으며 지나치게 작은 얼굴에 비해 기괴하게 거대한 손과 몸통은 전체적인 구성적 비율을 왜곡하고 있다. 병사의 얼굴은 노랑과 빨강으로 분할되어 있고 여기에 짙은 갈색으로 외곽선이 그려져 있어서 원시주의적 색채를 더한다. 이러한 특

---

16) 캐밀러 그레이, 『위대한 실험, 러시아 미술. 1863-1922』 머리이언 벨리이-모틀리 개정 편집, 전혜숙 옮김 (시공사, 2001) 99.

17) Бессонова М. "У истоков лаборатории авангарда," *Мир народной картинки* (М., 1999) 339.

[도판 1] 〈휴식 중의 병사〉(라리오노프, 1911)

징들이 캔버스 전체의 평면성을 부각시킨다.

[도판 1]에서처럼 이 연작에 등장하는 갈겨 쓴 외설스러운 말과 유쾌한 상상력은 대중에겐 웃음을, 예술가들에겐 당혹감을 자아낸다. 루복적 형상에 대한 라리오노프의 관심에는 '유쾌함'과 '악의 없는 웃음'이라는 중세적 웃음이 담겨 있다. 이러한 유쾌한 상상력이 만들어내는 웃음은 전적으로 루복의 축제적 유희성과 관련이 있다.[18]

라리오노프의 〈장교의 이발사〉는 루복의 기법과 형상이 두드러지게 드러난 작품이다. 이는 루복 〈구교도의 수염을 깎기 원하다(Цирюльник хочет раскольнику бороду стричь)〉(18세기 전반, 목판)[19]와의 비교를 통해 분명히 알 수 있다.

라리오노프의 그림([도판 3])에는 루복([도판 2])과 같이 원근법이 거의 느껴지지 않아 평면성이 두드러진다. 중앙 왼편에 위치한 두 명의 주인공의 형상에서 어떠한 깊이감도 양감도 느낄 수 없다.

---

18) 17세기 루복의 발생은 종교적 교훈과 신앙의 보급을 위한 값싼 '종이 이콘'의 생산과 관련이 있다. 그러나 18세기에 들어서 러시아 사회의 세속화와 교회 권위의 추락 등으로 민중들 사이에서는 서구의 '심심풀이' 그림들, 어릿광대와 익살꾼들, 민중 축제들과 행락, 동화적 주인공들을 묘사한 루복들이 인기를 누리게 되었다 따라서 이러한 주제의 루복이 전체 루복 출판 가운데 현저하게 많은 비중을 차지하게 된다. 루복은 축제일에 도시의 광장으로 쏟아져 나온 고객의 요구에 맞추어 축제 자체의 자유롭고 유쾌한 분위기를 전달한다. 루복적 유희성은 풍자보다는 비교적 악의가 많지 않은 유쾌한 의미의 축제적 웃음을 만들어낸다. 이에 대해 알렉세예바는 루복의 풍자와 익살은 특정한 대상을 향하는 것이 아니라 '세계를 향한 웃음'이라고 지적한다. Алексеева М. "Русская народная картинка. Некоторые особенности художественных явлений," *Народная картинка XVII - XIX веков. Материалы и исследования* (СПб. 1996) 11.

19) 이하 <구교도>로 부르기로 한다.

[도판 2]〈구교도의 수염을 깎기 원하다〉(18세기, 목판)

[도판 3] 〈장교의 이발사〉(라리오노프, 1908~1909)

또한 수평적인 요소가 지배적인데 이 또한 루복의 영향이라고 할 수 있다. 루복 〈구교도〉의 화면은 주인공 뒤의 탁자와 바닥의 무늬 그리고 구교도의 가로로 늘여진 수염 등을 통해 수평성이 강조되어 있다. 라리오노프의 〈장교의 이발사〉의 배경은 벽과 바닥으로 양분되어 대조적 색채로 칠해져 있어서 평면성이 더욱 두드러진다. 이러한 화면의 수평성은 화면과 평행한 포즈를 취하고 있는 두 등장인물들의 형상에 의해 더욱 강화된다.

인물의 형상도 과감하게 단순화되어 있다. 얼굴과 몸통이 불균형하며, 인물의 포즈도 부자연스러운 데 반해, 가위와 빗, 그리고 군인의 칼만이 상대적으로 사실적으로 그려져 있다. 마치 어린 아이가 그린 것처럼 균형과 입체감은 찾아보기 힘든 '자유분방한' 그림처럼 보인다. 유사한 특징이 루복 〈구교도〉에서도 발견된다. 이발사와 구교도의 몸집이 극단적으로 불균형하게 그려져 있다. 가위를 든 이발사의 외소해 보이는 모습과는 대조적으로 구교도의 모습은 거인처럼 그려져 있다. 이와 다르게 행위의 내용인 가위와 수염은 매우 세밀하게 그려져 있어 강조되어 있다.

라리오노프의 그림에서 루복의 전통을 찾아볼 수 있는 또 하나의 요소는 바로 연극성이다. 화면의 위 부분에 그려진 구불구불한 커튼은 이 장면이 연극적 공간이라는 것을 상기시킨다. 루

복의 회화적 특징인 관례적이며 연극적인 공간이 라리오노프의 그림에서 재현된 것이다.[20]

루복에 대한 라리오노프의 관심은 초기 신원시주의적 경향을 벗어난 이후 그의 아방가르드적 예술 창작의 전개 과정과 관련이 있다. 1913년 라리오노프는 곤차로바, 즈다네비치, 르-단튜, 쉐브첸코 등과 함께 광선주의(Лучизм)을 만들었다. 그는 광선주의를 알리는 선언문을 발표하고 순수 예술로서 색채에 의해 빚어지는 조형 공간, 그 자체의 특성에 주목하는 비구상의 새로운 화풍을 제시하였다.[21] 광선주의자들은 교차되는 빛에 의해서 발생하는 공간적인 형태를 포착하는데 주력하였다. 이들은 빛이 색채에 의해 화폭에 표현되어 진다고 생각하였다.[22]

빛의 반사에 의해 분할된 공간은 따라서 화가의 사실주의적인 시선이 아니라 자의적인 상상력에 의해 변형될 수 있으며, 우

---

20) 루복 그림의 예술적 공간은 회화라기보다는 연극 무대 유형의 공간을 체험하게 하는 특수한 형상들로 채워져 있다. <구교도>의 그림에서도 마치 배우들이 서 있는 것 같은 무대(발밑의 그물 무늬로 장식된 바닥)를 재현하고 있으며 뒷면의 배경도 무대 장치와 유사하다. 루복에는 커튼 장식이나 화려한 당초무늬로 그림의 프레임을 만드는 방식이 자주 등장한다. 이러한 무대 묘사 모티브는 현실 장면 자체를 직접적으로 재현하는 그림과는 근본적으로 다른 예술적 효과를 만들어낸다. 관객은 이 그림을 그저 감상하는 것이 아니라 텍스트 속에 들어가 민속적이고 축제적인 분위기에 참여하게 되는 것이다.

21) 이덕형 392.

22) 빛과 색채에 대한 광선주의자들의 생각은 러시아 이콘의 전통과 연관이 있다. 러시아 이콘은 신성의 빛을 색으로 표현한다는 의미에서 색채 신학이라고 표현한다. 보이지 않는 신성의 세계를 가시적인 색채로 표현하는 것이 바로 이콘 미학의 본성이다. 광선주의의 대표자인 라리오노프와 곤차로바가 러시아 이콘에 대해 가졌던 예술적 관심이 광선주의에 표현되었다고 볼 수 있다.

리가 일상적으로 마주하는 대상들은 색채들의 조합과 채색된 질량감에 의해 깊이와 결을 획득할 수 있다고 보았다.[23]

광선주의는 대상의 재현에서 해방되려는 움직임으로 시작되어 궁극적으로는 묘사하는 모든 대상을 삭제하고 오로지 회화의 원형적인 색과 기하학적 요소만이 그림으로 남게 되는 추상 회화의 초기의 한 갈래이다. 추상회화는 회화에서 조형적 요소 즉 평면에서 빛과 그림자의 도움으로 물체를 입체적으로 형상화하는 것을 거부한다. 동시에 원근법적 수단을 이용한 건축적 요소의 배제를 특징으로 한다. 한스 제들마이어에 의하면 이러한 '순수' 회화의 특징은 새로운 차원에서 옛날 회화 형식으로 돌아가는 것을 의미한다.[24] 즉, 새로운 '순수' 회화는 원근법과 3차원의 공간감 및 공간의 조각적 양감이 만드는 깊이 등을 알지 못하였던 시절의 회화와 닮아 있다는 것이다. 라리오노프는 자신의 선언문에서 이러한 '순수' 회화의 특징을 '아름다운 동방' 혹은 민족적인 것으로 규정하며 이것이 자신의 예술적 지향임을 분명히 명시하고 있다.[25]

화가가 일체의 재현적 대상을 무시하고 "색채와 색채의 농도,

23) 이덕형 392.

24) 한스 제들마이어, 『현대 예술의 혁명』 남상식 옮김 (서울: 한길사, 2004) 57.

25) Богомазов Т., Гончарова Н., Зданевич К., Ларилонов М., Ле-Дантю М., Левкиевский В., Романович С., Обленский В., Фабри М., Шевченко А., "Лучисты и будущники," *Русский футуризм* (М., 1999) 241.

색채들의 상호작용, 색채의 깊이 그리고 색채의 팍투라(фактура)"[26]를 회화의 본질로 규정했다는 사실은 창작의 초기 단계에 그가 루복에 대해 보이는 관심의 본질을 해명하는 실마리를 제공한다. 루복에 재현된 사건이나 사실, 허구나 상상의 이야기를 마무리해주는 색은 외형과 윤곽을 뛰어넘어 자유롭게 칠해져 있다. 루복 속의 색채는 재현된 이야기의 리얼리티를 넘어서서, 보는 이들로 하여금 다양한 해석과 상상을 가능하게 만드는 주요한 예술적 도구이다. 민중의 발랄한 상상력과 해석의 가능성, 반(反)아카데미즘이 결합된 루복은 라리오노프에게 자신의 아방가르드 회화의 전망을 뒷받침해줄 과거로부터 온 지원군이었을 것이다.

---

26) Там же. '팍투라'는 제작 과정에서 물질의 특성과 형식 관계 및 구성을 생생하게 드러내면서 수용자의 맥락을 고려하는 것을 뜻한다. 이영철, 『현대미술과 모더니즘론』 (서울: 시각과 언어, 1995) xiii. 야콥슨은 팍투라를 '과정을 드러내 보이는데' 관심을 가졌던 미래주의 시인과 애호가들이 채택한 전략의 일종이라고 정의하였다. "그렇게 하여 팍투라에 대한 관심이 고조되었다. 그것은 이제 더 이상 어떤 정당화도 필요 없다. 그것은 자율적인 것이 되었다. 그것은 새로운 구성 방법과 새로운 재료를 필요로 할 뿐이다." 벤자민 부흘로, "러시아 구성주의와 정치, '팍투라'에서 '팍토그람'으로," 『현대 미술과 모더니즘론』 332-333.

　라리오노프와 창작활동을 함께 했던 나탈리야 곤차로바(1881-
1962)는 러시아의 이콘과 루복 기법을 새로운 예술 언어에 적극
적으로 사용한 아방가르드 예술가이다.

　곤차로바의 예술에는 당시 아방가르드 예술가들이 회피하던
소위 문학성, 즉 서사성이 두드러진다. 서사성은 루복의 중요한
특징이다. 본질적으로 민중에 의한, 민중을 위한 예술품이었던
루복은 민중에게 교훈적이며 종교적인 정보를 제공하는 동시에
동화와 영웅담, 외국의 신기한 문물과 사건을 전달하는 이야기
매체였다. 이는 말과 그림이 결합된 복합장르인 루복의 매체적
특징과 관련이 있다. 루복의 말과 글의 관계는 이야기와 이를 보
충해 주는 삽화와는 다르다. 일반적으로 루복에는 여러 개의 시
점이 공존하여 보는 이들로 하여금 벌어지는 사건이나 암시되는
의미를 머릿속으로 재구성하도록 유도한다. 때론 하나의 도판이
4개의 장면으로 나뉘어져 연속되는 사건이 그려지면서 공간적
매체로서의 그림의 한계를 뛰어넘어 시간적으로 사고하도록 만
든다.[27] 관객들은 자신들의 지식과 상식을 벗어난 흥미로운 이야
기를 통해 정보와 재미를 동시에 만족시킬 수 있었다. 루복의 서

---

27) 루복의 글과 그림의 결합에 관한 보다 자세한 분석은 이형숙 163-164 참조.

사성은 특별히 민중의 형상적 사고를 바탕으로 한다. 루복에는 이야기를 '조형적'으로 전달함에 있어서 간단하고 정확하게 생각을 표현하여 민중들에게 형상적으로 쉽게 '읽힐' 수 있도록 의식적으로 민중적 사고에 가까운 문체가 사용되었다. 이에 대해 곤차로바는 다음과 같이 언급한다.

('서사성'은) 현대 작가들에 의해 회화적 관심이 없다는 사실을 감춘다는 이유로 거부되었지만 나는 문학도 삽화도 현대의 모든 다른 위협도 두렵지 않다. 오히려 이 모든 것은 회화적 방식으로 분명하고도 확실하게 표현되도록 애써야 한다.[28]

곤차로바는 그림에 이야기를 담아내는 루복적 방식을 동시대성을 담는 중요한 기법으로 사용하였다. 1914년 출판된 석판화 앨범 〈전쟁(Война)〉에서 곤차로바는 제 1차 세계 대전에서 예감한 유럽을 뒤 흔드는 재앙을 그려내었다. 14개의 석판화로 구성된 앨범에는 구세계의 종말을 예견하는 종말론적 형상들로 채워져 있다([도판 4], [도판 5]).

---

28) *Выставка картин Наталии Сергеевны Гончаровой. 1900-1913. Каталог* Вступ. ст. М.Ларионова. (М., 1913) 3.

[도판 4] 〈전쟁〉 중 '성 게오르기'(곤차로바, 1914)

[도판 5] 〈전쟁〉 중 '러시아 군'(곤차로바, 1914)

1911년~1913년 곤차로바의 그림에는 고대 러시아의 예술과 루복의 민속적 전통이 강하게 나타난다. 곤차로바는 농촌을 배경으로 한 〈사과를 따는 농부들(Крестьяне, собирающие плоды)〉(1911)과 〈건초 베기(Жатва)〉(1911)와 같은 다수의 새로운 원시주의적 작품을 내놓았는데 이러한 일련의 그림들에는 "중국식, 비잔틴식, 미래파식, 그리고 러시아의 자수와 목판 (루복-필자) 및 전통 쟁반 장식의 양식"이라는 설명문을 붙였다, 특히 〈농민의 춤(Крестьянские танцы)〉(1911)은 화려한 색채가 굵은 외곽선과 결합되어 있는 곤차로바 고유의 신원시주의 스타일을 보여주는데 이는 특히 루복적이다. 이 그림에는 마티스의 〈춤〉와 〈음악〉에 등장하는 푸른색의 하늘과 초록색의 땅이라는 이분법이 동일하게 사용되어 있어 마티스의 영향을 받은 작품이라는 것을 알 수 있다. 그러나 마티스의 그림에는 지중해 풍의 갈색의 건장한 누드 인물들이 등장하는 반면에 곤차로바의 그림에는 민속 자수품에서 자주 볼 수 있는 문양인 일렬로 대열을 짓고 육중하게 걷는 농민이 등장한다. 농민들 형상의 외곽선은 목판 루복에 특징적인 넓은 황토색 라인으로 처리되어 있다.

곤차로바의 신원시주의적 작품들이 주제 면에서 이콘적이라는 것은 많은 연구자들에 의해 지적되었다. 곤차로바는 이콘의 형상을 빈번하게 차용하여 새로운 슬라브 정교적 이콘을 만들어

내었다. 그런데 그녀의 그림은 이콘보다는 루복에 더 가깝다고 할 수 있다. 4대 복음서 저자를 그린 4점의 연작 성화 〈복음저자(Евангелисты)〉([도판 6])은 종교적 주제를 다룬 그녀의 작품 중 가장 완성도 높은 작품들이다. 이 작품들은 특히 리듬감 있는 전체성을 완성하기 위해서 색과 선, 그리고 구성이 매우 효과적으로 이용되어 있다. 네 명의 성인의 자세와 얼굴의 각도 및 눈빛 모두가 중앙을 향해 구성적으로 완벽하게 대칭을 이루면서 강력한 통일체로 인식되어 진다. 그러나 표현 기법에 있어서는 곤차로바는 단순화된 형상과 거친 선, 과감한 원색의 사용 등과 같은 루복적 기법을 사용한다. 전통을 현대적으로 재해석함에 있어서 곤차로바는 '원시적인' 스타일, 즉 인물 외형을 노란색 윤곽선으로 마무리한다거나 검은 색으로 형상을 강조하는 등, 루복의 기법을 차용한다. 그 결과 곤차로바의 종교적 주제의 그림들은 정통 이콘보다는 어린 아이와 같이 '단순하지만' 강렬한 민중적 신앙을 효과적으로 전달하고 있다.

곤차로바의 〈성모자(Богоматерь с младенцем)〉([도판 7])는 이콘 〈수난의 성모(Богоматерь страстная)〉([도판 8])의 전통적인 구도와 기법을 그대로 가져온 작품이다. 성모자상 중 호데게트리아(Hodegetria)[29]의 일종인 〈수난의 성모〉 이콘은 십자가 수난을 예견한 아기 예

---

29) '길을 인도하는 여인'으로 일컬어지는 성모상. 아기 예수를 손에 안고 있는 성모의 형상으로 그려진다. 특히 성모의 손이 아기 예수를 가리키고 있는 자세를 특징으로 한다.

[도판 6] 〈복음저자〉(곤차로바, 1911)

[도판 7] 〈성모자〉(곤차로바, 1911)　　　　[도판 8] 〈수난의 성모〉(안드레아스 리초스, 15세기 말)

수와 성모의 고통이 담겨 있다. 〈수난의 성모〉 이콘에는 아기 예수가 두 손으로 성모의 오른손을 잡고 성모는 왼손으로 아기 예수를 감싸 앉는 형상으로 그려진다. 아기 예수의 얼굴에는 두려움이 느껴지고 어머니의 손을 꼭 쥔 자세에서 앞으로 다가올 수난을 예감하고 있음을 느낄 수 있다. 성모자의 양쪽 옆에 그려진 천사의 손에는 십자가 수난을 암시하는 십자가, 해면과 창이 들려 있다. 곤차로바의 그림 속 성모와 아기 예수도 정확하게 수난의 성모자의 모습을 하고 있다. 아기 예수는 오른손으로는 성모의 오른손 엄지손가락을 잡고 왼손으로는 나머지 손가락을 그러쥐고 있고, 성모는 얼굴을 아기 예수 쪽으로 약간 숙인 자세에서 왼손으로는 아기 예수를 감싸 안고 있다. 그러나 성모의 강렬한 노란색 의상과 짙은 갈색 주름선은 이콘의 그것에 비해 투박하고 거칠게 보인다. 푸른색의 배경에 초록색 식물과 천사의 형상은 강렬하게 대비를 이루며 원시적인 형태로 그려져 있다. 형상은 이콘에서 그대로 가져오지만 그것을 표현하는 방식은 '루복적'이다. 노랑, 초록, 파랑, 주황, 검정과 같은 강렬한 루복적 색채로 의도적으로 단순하게 원시적으로 표현된 성모자의 모습은 고요하며 관조적인 이콘의 그것에 비해 정서적으로 더 큰 간절함을 느끼게 만든다. 라리오노프가 루복적 기법을 이용하여 현실의 모습을 해학적으로 표현하려고 했다면 곤차로바는 루복적 기법을 이용하여 종교적 비전을 전하고 있다. 임박한 미래의 비극, 재앙의 예감 속에 곤차로바는 강렬한 종교성을 자신의 그림에 담은 것이다.

 '과거'가 될 위기에 처했던 민중 판화 루복은 아방가르드 미술
가들에 의해서 재발견되고 이들의 창작 발전에 지대한 영향을
미쳤다. 과(過)문명화된 자본주의 사회에서 '반(反)문명' 혹은 '원
시'에 대한 낭만적 동경을 가지고 있던 서구인들은 아시아, 아프
리카, 오세아니아와 같은 비 유럽권의 '원시적' 문화에 경도된다.
원시 예술이 지닌 어린아이가 그린 것 같은 즉흥성과 순수성은
새로운 회화 언어를 추구하던 혁신적 미술가들에게 힘과 강렬한
표현성을 경험하도록 만든다. 그러나 서구의 아방가르드 미술가
의 '원시주의'는 원시적 형상이나 주제, 민속학적 테마에 주안점
을 두었다면, 러시아 아방가르드 미술가들은 거리의 간판이나 신
문의 삽화 및 루복과 같은 민중 예술 속에서 테마적 흥미 이상의
미학적 가능성을 발견한다.

 3~4가지로 제한된 단순한 색채와 간단하고 정확하게 생각을
표현하는 구성적 분명함, 민중의 자유로운 상상력과 유희적 전통
을 가진 루복은 르네상스 이후 서양 미술을 지배해 온 사실주의
적 전통에서 벗어나고자 하였던 20세기 초 예술가들에게 신선한
자극이 되었다. 원근법을 사용하지 않으며 때로 다중 시점을 채
택하고 인물이나 사물의 크기로 그 인물의 중요 정도를 표현하

는 등, 루복은 리얼리티를 모방하거나 재현하려 하지 않는다. 또한 루복 색채의 선명함과 관례적 성격은 유희적 성격을 만들어 내면서 민중적 정서를 담아내었다. 라리오노프와 곤차로바의 예를 통해 아방가르드 미술가들이 이러한 루복의 예술적 언어들을 적극적으로 사용하고 있음을 살펴보았다.

아방가르드 미술가들은 특별히 루복적인 세계 인식을 나름대로 재해석하였다. 라리오노프는 루복적 해학성과 연극성을 자신의 화폭에 담아내었으며 곤차로바는 서사성과 종교성에 주목하였다. 이들은 '루복성'을 하나의 예술적 기법으로서 공인하며 현대 미술사에서 루복의 미학적 가치와 가능성을 올바르게 자리매김하는데 기여하였다. 물론 이들에게 있어 루복은 '루복' 그 자체로서가 아니라, '루복성'으로서만 의미가 있었다. 아방가르드 미술가들의 루복에 대한 관심은 창작의 특정 장르가 아닌 아카데미즘으로부터의 자유, 예술의 기원들 중의 기원, 즉 진정한 근원들에 대한 탐구의 일환이었다.[30] 따라서 루복은 당연히 학문적 연구의 대상이 되지도 않았으며 될 수도 없었다. 아방가르드 미술가들은 루복을 사회 외적이며 역사 외적인 것으로 받아들였다. 1913년에 라리오노프가 '루복이 언제 발생했는가는 전혀 상관없다. 예술 작품을 지각하는 순간이나 우리가 예술 작품을 통

---

30) Лебедев 10.

해서 얻을 수 있는 것은 시간과 관련이 없다.'고 천명하는 것도
바로 이와 같은 맥락에서 이해될 수 있다.[31]

1913년 라리오노프는 르 단튜에게 다음과 같이 썼다.

> 3월 23일 토론이 예정되어 있습니다. 테마는 서구 추종주의를 거
> 부하고 동양과 민족성을 회복하는 것입니다. 그리고 예술에서
> 전통을 찾고 서구적 형식의 러시아화가 될 것입니다.[32]

20세기의 러시아 화가들은 표트르 대제 이후에 러시아 예술로
밀려들어온 서구적 형식을 버리지 않았다. 그러나 그들은 민중
예술, 민족적인 예술 전통의 보고인 루복과의 창조적 작용을 통
해 독자적인 러시아 아방가르드 미술을 만들어 낼 수 있었던 것
이다. 구상회화에서 비구상 회화로의 이행이라는 전 세계적 흐
름 속에서 러시아 아방가르드 미술가들은 초기의 루복적 실험을
거쳐 추상회화의 한 갈래인 광선주의로 이행하였다.

31) *Выставка иконописных подлинников и лубков, организованная М.Ф.Ларионовым.* *Каталог 6. 7.*

32) Ларионов М. "Письмо М.В.Ле-Дантю. Март 1913," РО ГРМ, ф.135, д.7, л.7. Ковтун Е. "Народное искусство и русские художники начала XX века," *Народная картинка XVII-XIX веков: Материалы и исследования* (СПб., 1996) 186에서 재인용.

참고문헌

권철근, 김희숙, 이덕형. 『러시아 형식주의』 서울: 한국외국어대학교
    출판부, 2001.

로버트 앳킨스. 『알기 쉬운 현대 미술의 개념풀이』 박진선 옮김. 김영
    나 감수. 서울: 시공사, 1994.

이덕형. 『러시아 문화 예술 천년의 울림』 서울: 성균관대학교 출판부,
    2001.

이영철 엮음. 『현대미술과 모더니즘론』 서울: 시각과 언어, 1995.

이형숙. 「루복의 예술 체계」 『러시아 연구』 13-2 (2003) 149-181.

캐밀러 그레이. 『위대한 실험, 러시아 미술. 1863-1922』 머리이언 벨
    리이-모틀리 개정 편집. 전혜숙 옮김. 서울: 시공사, 2001.

한스 제들마이어. 『현대 예술의 혁명』 남상식 옮김. 서울: 한길사,
    2004.

Harrison Charles, Frascina Francis, Perry Gill. *Primitivism, Cubism,
    Abstraction: The Early Twenties Century.* New Haven &
    London, 1993.

Erlich Victor. *Russian Formalism.* New Heaven & New York, 1981.

Алексеева М. "Русская народная картинка. Некоторые особенности художественных явлений." *Народная картинка XVII – XIX веков. Материалы и исследования. СПб., 1996. 3 - 14.*

Бернштейн Д.К. "Татлин?! Гончарова?! Ле Дантю?! (Об одном загадочном лубочном опыте русского классического авангарда)." *Мир народной картинки. М., 1999. 364 - 376.*

Бессонова М. "У истоков лаборатории авангарда." *Мир народной картинки. М., 1999. 333 - 344.*

Русский футуризм. М., 1999.

Выставска картин Наталии Сергеевны Гончаровой. 1900 - 1913. Каталог. Вступ. ст. М.Ларионова. М., 1913.

Ковтун Е. "Народное искусство и русские художники начала XX века." *Народная картинка XVII - XIX веков: Материалы и исследования. СПб., 1996. 173 - 185.*

Ле Дантю М. "Живопись веков." *Минувшее: Ист. Альманах. Вып. 5.* М., 1991. 196 - 197

Лебедв А. "Примитив в России XVIII - XIX столетий как проблема истории искусства." *Примитив в Изобразительном искусстве: Материалы научной конференции 1995. М., 1997. 5 - 20.*

Некрылова А. *Русские народные городские праздники, увеселения и зрелища. Конец XVIII - начало XX века.* СПб., 1988.

Против течения. 1911, 24 дек.

Соколов Б. *Художественный язык русского лубка.* М., 1999.

Шкловский В. "Искусство как прием." *О теории прозы.* М., 1983.

3장 〈발레 뤼스(Ballets Russes)〉*

<예술 세계> 2기

    오늘날 발레의 본고장인 서유럽을 포함하여 전 세계에서 예술
적 권위를 자랑하는 러시아 발레는 19세기 말~20세기 초 러시
아의 음악가, 안무가, 문학가, 미술가들의 예술적 공조의 유산이
다. 서구에 비해 짧은 역사를 가진 러시아 발레는 19세기까지 서
구의 뒤를 따르는 추종자의 위치였다. 그러나 19세기 말 러시아
발레는 오페라를 대체할 수 있는 진지한 예술로서의 역량을 과
시하면서 세계 발레 역사를 다시 쓰게 된다.

    표현 예술의 분파로서 발레는 오랜 전통을 지니지만 연극이나

---

* 3장은 논문 「'예술의 종합'으로서의 공연예술:<예술 세계(Мир искусства)>와 발레」(2009,
『Acta Russiana』)를 수정, 보완한 것이다.

오페라에 삽입되는 공연물의 형태로 존속하였다. 이러한 발레가 독립적인 발레극으로 정착된 것은 18세기 후반부터이다. 19세기에서야 비로소 발레는 현대적 모습을 갖추게 된다. 프앵트 기법(발끝으로 서기)을 사용하고 튀튀(불룩한 치마)를 입고 무중력의 환상을 보여주려는 요정과 같은 여성무용수들이 주 무대를 차지하는 낭만주의 발레가 등장하면서 발레는 대중적으로 큰 인기를 끌었다. 그러나 19세기 말 서유럽의 발레는 더 이상의 창조성을 보여주지 못하면서 진지한 예술 형식으로서의 위상을 잃어버리게 되었다.

유럽 발레가 사양길로 접어든 19세기 말에 서유럽에 비해 상대적으로 짧은 역사를 가졌던 러시아 발레는 차이콥스키의 3대 발레 〈백조의 호수〉(1877), 〈잠자는 숲속의 미녀〉(1890), 〈호두까기 인형〉(1892)을 통해 고전 발레의 전통을 확립하면서 발레의 메카로 떠올랐다. 그 중심에는 차이콥스키의 음악이 있었다. 차이콥스키 이전까지 발레 음악은 무용을 보조하는 기능에 한정되어 있어 진지한 예술가들의 주목을 받지 못했다.[1] 〈백조의 호수〉는 발레와 음악의 결합에 대한 세간의 생각을 바꿔놓았다. 이제 발레는 고도의 세련미를 갖춘 진지한 예술로서의 진면목을 각인시

---

1) 이에 대해 스트라빈스키는 기교적인 면에서 발레의 완벽성에 비해 그 음악은 오페라에 비해 열등한 것으로 취급당했다고 자서전을 통해 언급하고 있다. 스트라빈스키. 『스트라빈스키-나의 생애와 나의 음악』 박문정 옮김(서울: 지문사, 1990) 39.

키며 기존의 고급 관객들이 선호하던 오페라와 어깨를 나란히 하게 되었으며 20세기 초에 러시아 발레는 기존의 오페라를 대체하는 수준으로까지 위상이 높아진다.[2]

고전 발레에서는 명료성, 조화, 대칭 및 질서와 같은 형식적 가치가 중요하게 여겨진다. 따라서 이를 구현하는 아카데미 발레 테크닉이 예술성을 판단하는 가장 중요한 기준이 된다. 러시아 고전 발레를 이끈 프랑스 태생의 안무가 마리우스 페티바(1818-1910)는 형식을 통해 관객의 관심을 끌고 매혹시킬 수 있는 다양한 기술들을 개발하였다. 특히 발레 테크닉의 정수를 보여줄 수 있는 '이인무(pas de deux)'의 구성에 주력하였다. 발레리나와 파트너를 위한 아다지오로 시작하여 두 사람이 각각 솔로 바리아시옹(variation)을 전개한 후 함께 종지부 코다를 춘다. 이때 코다 부분에서 눈부신 테크닉이 발휘된다. 테크닉 중심의 고전 발레에서는 스토리의 측면에 상대적으로 약했다. 또한 전통적인 낭만주의 발레와 같이 페티바의 발레에서도 여성 무용수의 역할과 남성 무용수의 역할이 불균등하게 배분되었다. 남성 무용수는 주로 상대 발레리나의 아름다움을 노출시키기 위한 동작에 집중하게 되면서 여성 무용수에 비해 부차적 역할을 맡았다. 이러한

---

2) 이는 오페라와 발레의 장르적 차이에 따른 것으로 생각되는데 언어 텍스트가 필수적인 오페라와 달리 발레는 비언어적 텍스트인 몸짓과 음악만으로 의미 전달이 가능하기 때문에 언어적 한계를 넘어서 세계인들에게 더욱 호소력을 발휘할 수 있다는 점을 지적할 수 있다.

[도판 1] 상트페테르부르크 마린스키 극장의 발레 뤼스 기념 공연 무대 막(2022)

기존의 고전 발레의 변화에 지대한 영향을 끼친 것이 안무가 포킨과 댜길레프의 〈발레 뤼스〉의 활동이었다.

잡지 〈예술 세계〉가 유럽의 새로운 예술 경향들을 러시아에 알려 러시아의 문화를 동시대 유럽문화에 합류시키려했다면 〈예술 세계〉의 2기 활동이라고 할 수 있는 〈발레 뤼스〉는 러시아 고유문화를 유럽에 알리려는 목적으로 조직되었다. 러시아의 세계화라는 〈예술 세계〉의 방침에 따라 세르게이 댜길레프는 1906년 파리에서 첫 번째 러시아 시즌으로 러시아 미술 전시회를 기획하였다. 이후 댜길레프는 1907년 음악 콘서트를 기획하고 1908년, 1909년 오페라와 발레를 선보인 후 1910년 마침내 완벽한 발레 프로그램을 보여주었다. 이제 〈예술 세계〉는 댜길레프의 〈발레 뤼스〉가 된다. 알렉산드르 베누아의 제안으로 발레 기획을 시작한 댜길레프는 러시아의 풍부한 인적 자원이 새로운 발레단을 위한 잠재력임을 확신하고 음악, 무대 디자인, 안무가 결합된 완벽한 형식의 발레를 선보였다.

발레는 "음악과 회화 그리고 안무라는 발레의 3요소가 지금까지 볼 수 없었던 정도로 밀접하게 결합되어 있는 자족적인 예술"[3]이다. 말과 노래 텍스트 없이 몸의 움직임을 통해 무대와 의상, 조명 및 음악을 통해 일관성을 만들어내면서 이성적 감성

---

3) Лифарь С. Дягилев и с Дягилевым (М., 2005) 201.

과 생생한 인상을 관객에게 전달할 수 있는 발레는 '예술의 종합'의 이상적 장르로 간주되면서 예술세계인들을 이러한 공동 창작 과정으로 끌어들였다.[4]

〈발레 뤼스〉는 〈예술 세계〉의 이념적 계승자로서 예술세계인들이 표방한 '예술의 종합'을 일관되게 조직적으로 실천한 단체였다. 그러나 1906년까지 예술세계인들의 발레에 대한 안목이 그다지 높았다고 할 수 없으며 〈예술 세계〉에는 발레에 대한 논문이 거의 없었다.[5] 하지만 베누아의 회고에 따르면 '극장 마니아'였던 예술세계인들은 여러 가지 방법을 동원하여 페테르부르크와 해외에서 공연되는 작품들을 관람하였다.[6] 특히 새로운 무대 디자인에 민감하였던 이들은 러시아에서 공연된 오페라와 발레에 대해서 보다 혁신적인 형식을 요구하게 되었다.

기존의 발레의 한계를 지적하며 발레에 대한 새로운 시각을 제시한 것은 안무가 미하일 포킨(1880-1942)이었다. 포킨은 명료성, 조화, 대칭 및 질서와 같은 형식적 가치들이 중심이 되는 발레 테크닉만을 중요하게 여기고 내용적 측면은 부차적인 것으로 간주하는 아카데미 발레 스타일을 벗어나야한다고 생각했다. 그는

---

4) Laura J. Olson. *Performing Russia. Folk Revival and Russian Identity* (New York and London, 2004) 27.

5) John Bowlt. "Stage Design and the Ballets Russes," *The Journal of Decorative and Propaganda Arts*, Vol. 5, Russian/Soviet Theme Issue (Summer, 1987) 30.

6) Benois A. *Memoirs* (London:Chatto and Windus, 1964) 26. John Bowlt 30에서 재인용.

보다 자유로운 몸의 움직임을 통해 극 전체의 의미를 표현해야 한다고 주장하였다. 포킨의 새로운 발레 이론에 따르면 독무자 중심의 단속적인 무용들의 모음이 아니라 무용 단원 전체가 극의 전개에 유기적으로 참여해야 한다. 음악에 있어서도 무용이 표현하는 극적인 내용을 표현할 수 있는 음악이 필요했다. 또한 '새로운' 발레를 위해서 춤과 몸짓은 시대의 스타일에 상응해야 하며 의상은 플롯에 따라 일관성을 가져야 한다.[7]

포킨의 '새로운' 발레 스타일은 열정적인 조직가이자 기획자인 댜길레프와 만나면서 20세기 모던 발레를 열었다.

〈예술 세계〉의 '예술의 종합'의 꿈은 무용가, 무대 감독, 작곡가, 디자이너가 창작물에 공조할 수 있는 앙상블 〈발레 뤼스〉가 만들어지면서 비로소 실현되었다고 할 수 있다. 〈발레 뤼스〉가 만들어낸 공연물들은 시각 디자인, 음악, 춤과 같은 예술적 요소들을 조화롭게 결합시킨 공동체의 구현물이었다. 이러한 〈발레 뤼스〉의 공연물들 뒤에는 '예술의 종합'을 조직적으로 실천하는 〈발레 뤼스〉 고유의 '위원회(committee)'가 있었다. '위원회'는 〈발레 뤼스〉 예술가들의 공동창작을 위한 상시적인 모임을 지칭한다. 〈발레 뤼스〉의 역사를 러시아 예술가들이 주로 활동한 러시아 시기와 유럽의 예술가들과 공조한 프랑스 시기로 나누는데

---

7) Lynn Garafola and Van Norman Baer. *The Ballets Russes and its World* (New Heaven and London: Yale University Press, 1999) 109.

'위원회'는 첫 번째 러시아 시기의 특징적 현상이었다. 이 모임에는 베누아, 포킨, 골로빈, 스트라빈스키, 박스트 등이 참여하였다.[8]

올가 할데이에 따르면 〈발레 뤼스〉의 공동 창작 방법론의 특징은 디자인 팀이 창작 과정에서 선도적 역할을 한다는 점이다.[9] 무대를 창조해내는 화가는 의상과 무대 소품의 디자인도 담당할 뿐 아니라 조명과 특수효과까지도 감독하게 된다. 이 모든 작업은 예술가들, 무대 감독들, 지휘자들, 기술자들과의 공조 속에서 이루어진다. 그 결과 단일하고 조화로운 시각적 인상을 창조해내는 예술품이 만들어지는 것이다. 〈발레 뤼스〉의 작업 모습을 담은 스케치는 이들의 공조 모습을 고스란히 전해준다.

> 새로운 댜길레프의 발레단은 특별하다. 작곡가, 화가, 발레 마스터, 작가와 예술에 관심 있는 사람들이 모여서 함께 작업 방식을 정한다. 주제가 제시되고 논의된 후 세부적인 작업에 들어간다. 각자 제안을 하고 전반적인 합의를 통하게 되는데 승인되기도

---

8) 수잔 오,. 『발레와 현대무용-서양 춤 예술의 역사』 김채연 옮김(서울: 시공사, 2004) 98.

9) 할데이에 따르면 댜길레프의 공동 창작의 이념과 방법론은 〈예술 세계〉 이전에 마몬토프의 활동에서 찾아볼 수 있다. 마몬토프는 아브람체보 예술촌을 마련하여 예술가들을 지원하는 한편, 자신의 예술적 재능으로 예술가들을 조직하여 사설극장인 〈모스크바 사설 오페라좌〉를 사비로 건립하였다. 이 무대를 통해 오페라 〈눈처녀〉, 〈라보엠〉, 〈사드코〉등이 제작 및 공연되었다. 매 작품들은 화가, 배우, 음악가, 무대 감독 등이 참여하는 공동체의 강도 높은 난상토론을 통해 제작되었다. Olga Haldey. "Savva Mamontov, Serge Diaghilev, and a Rocky Path to Modernism," *The journal of Musicology*. Vol.22, Issue 4(2005) 559-603 참조.

하고 폐기되기도 한다. 그 결과 리브레토에 대한 책임이 한 개인
에게 있다고 말하는 것이 매우 어려웠다. 그것은 공동 노력의 산
물이었다. …… 이는 음악도 무용도 마찬가지였다. 모든 것은 이
러한 공동 작업의 결과였다. …… 디자인과 실행의 예술적 통일
성이 만들어졌다.[10]

댜길레프 '위원회'의 최초의 공동 프로젝트는 발레 〈불새(Жар
птица)〉(1910)였다.[11] 이 첫 번째 대작은 러시아의 민속과 전통 예
술을 보여줄 수 있는, 민족주의적 요소가 강조된 작품으로 기획
되었다. 일반적으로 〈발레 뤼스〉 초기 10년간 유럽에서 인기를
끈 〈불새〉, 〈세헤라자데(Шехерезада)〉(1910) 등은 서구의 오리엔탈리
즘을 자극하며 유럽의 문화 시장의 수요에 기민하게 대처한 댜
길레프의 기획의 결과라고 알려져 있다. 그러나 이를 시장 논리
만으로 설명할 수 없는 것이, 댜길레프의 동양적이며 러시아적
인 민속 발레는 러시아 민족성에 대한 탐색에서 나온 것이다.
아시아의 피가 러시아 몸의 혈관을 타고 흐르는 것을 보여줌으
로써 동양적인 것과 러시아적인 것이 결합한 독특한 형태의 '순
수한 러시아성'이라는 신화가 강조되었다.[12] 〈불새〉는 댜길레프

---

10) 비평가 발레리안 스베틀로프의 언급. Haldey 590에서 재인용. 본문 가운데 생략은 할데이.

11) ibid. 121.

12) Lynn Garafola and Van Norman Baer 118.

발레단의 최초의 '진정한 러시아 발레'라는 평가를 받았다.[13]

〈불새〉의 리브레토는 안무가 포킨이, 무대 디자인과 의상은 골로빈이, 이반 왕자와 공주의 의상은 박스트가 맡았다. 그리고 음악은 스트라빈스키가 담당하게 되었다. 그러나 실제로 이들의 창작 활동은 개방적인 공조 활동이었다. 포킨은 발레 음악을 처음 작곡하게 된 스트라빈스키에게 발레의 특성, 제스처와 음악의 관계에 대한 조언을 해 주는 한편, 포킨은 스트라빈스키의 음악을 무용가들에게 전달하고 이해시키는데 주력하였다. 포킨은 안무가와 음악가의 공동 작업을 다음과 같이 회고한다.

> 〈불새〉 이후에도 나(포킨 - 필자)는 많은 작품의 안무를 했다. 그러나 그때처럼 그렇게 가깝게 작업을 한 적은 없었다. 나는 작곡가(스트라빈스키 - 필자)가 음악을 끝마치고 전해 주기를 기다리지 않았다. 스트라빈스키는 첫 번째 스케치와 기본 개념만을 가지고 나를 찾아와서 그것을 들려주었고 나는 그에게 장면들을 보여주었다. 그는 나의 요청에 따라 민속 테마를 각각의 장면들, 각각의 제스처와 포즈들에 상응하는 짧은 소절들로 나누었다.[14]

---

13) 순수한 아름다움을 상징하는 '불새'는 잘 알려진 동명의 러시아 동화에서 모티브를 따온 것으로 상징주의자들의 작품에 빈번히 등장한다. 콘스탄틴 발몬트는 불새에 바치는 시를 썼으며 소모프는 <예술 세계>의 표지에 불새를 그리기도 하였다.

14) Michel Fokine. *Memoirs of a ballet Master*, trans. Vitale Fokine, ed. Anatole Chujoy (Boston: Little, Brown, 1961), 161. Lynn Garafola and Van Norman Baer 193에서 재인용.

[도판 2] 페트루시카 방 스케치 (베누아, 1911)

스트라빈스키는 모든 리허설에 참석하여 강세와 악센트, 강음과 약음의 역동성, 퍼포먼스의 디테일들을 악보에 기록해 두었다. 이는 작곡가가 공동 작업을 하는 동안 포킨의 지시를 따랐다는 것을 보여준다. 이러한 공조의 과정이 항상 순탄한 것은 아니었다. 이러한 작업은 공동 창작에 참여한 안무가나 음악가, 무대 디자이너 모두의 입장에서 쉽지 않은 과정이었으며 이후 스트라빈스키는 불필요한 팬터마임을 위해 너무 많은 음악이 소모되었다고 불만을 토론하기도 했다.[15]

---

15) ibid. 194.

발레 <페트루시카>

발레 〈페트루시카(Петрушка)〉(1911)는 포킨(안무), 베누아(리브레토, 무대디자인, 의상), 스트라빈스키(음악), 그리고 니진스키(무용)가 창조해 낸 〈발레 뤼스〉의 대표 공연이다.

〈페트루시카〉는 18세기 이래 러시아의 도시 장터를 중심으로 형성되었던 민중 가설 극장인 발라간[16]의 전통에 이탈리아의 코메디아 델라르테(commedia dell'arte)를 모더니즘적으로 재구성한 작품이다. 16~18세기에 이탈리아에서 유행한 코메디아 델라르테는 짤막한 무대 지시와 줄거리를 뼈대로 하되 배우들의 즉흥적 연기에 전적으로 기대는 광대극이다. 이후 유럽으로 확산된 이 형식은 즉흥성보다는 문학화된 전형적 내용과 인물들이 등장하는 연극 형식으로 변화한다. 코메디아 델라르테는 특히 은세기 예술가들에게 창조적으로 수용되었다.[17] 특히 소모프의 회화에서 선명하게 드러났는데 〈아를레킨과 부인(Арлекин и дама)〉(1912), 〈이탈리아 코메디(Итальяская комедия)〉(1914) 등에서 삶의 연극성, 비극성을 표현하는 매개로 코메디아 델라르테의 주인공 피에로의

---

16) 터키어에서 유래한 발라간이라는 단어가 축제나 장터에 세워지는 '가설극장'이라는 의미로 사용된 것은 대략 18세기경부터이나 사실 19세기 초 까지도 일상적 의미는 '장사를 위한 가건물'이었다.

17) 코메디 델라르테에 대한 자세한 설명은 안지영, 「러시아 모더니즘과 광대극: 문화적 전사 연구」,『공연문화연구』16권 (2008) 115-141 참조.

형상이 사용되었다.

발레 뤼스의 〈페트루시카〉에서 코메디아 델라르테의 주요 배역인 피에로, 아를레킨, 콜롬비나는 각각 페트루시카, 무어인, 발레리나로 등장한다. 1840년대 상트페테르부르크에서 벌어진 마슬레니차 축제에 관객의 호기심을 자극하는 인형술사가 발라간 공연을 시작한다. 떠들썩한 축제를 즐기던 사람들은 인형술사의 세 인형의 춤을 호기심어린 눈으로 관람한다. 이어 장면이 바뀌어 페트루시카의 신비롭지만 음침한, 닫힌 방이 등장한다.([도판 2]) 인형술사는 인형들의 세계를 지배하는 어둠의 지배자로 인형들의 운명을 좌우한다. 회의주의자인 페트루시카는 이 방에서 발레리나에 대한 사랑에 애틋함을 보이다가도 인형술사의 세계에 갇힌 자신의 비극적 운명에 절망한다. 이어지는 무어인의 방은 형형색색의 인테리어로 장식되어 있어 삶에 대한 긍정과 쾌락의 공간으로 제시된다. 이 방의 주인인 무어인은 본능적 욕망에 충실하며 현실에 의문이 없는 원시인으로서 페트루시카가 사랑하는 발레리나와 애정 행각을 벌인다. 마지막 장에서 무어인과 페트루시카가 인형 극장을 벗어나 축제의 광장 한 복판으로 뛰어 나오고 사람들은 무어인이 페트루시카를 죽이는 장면을 목격한다. 그러나 뒤이어 등장한 인형술사는 이들이 인형에 불과하다며 대중을 안심시키고 대중은 이에 안심하며 해산한다.

〈페트루시카〉는 축제라는 극 속에 발라간 공연 안에 페트루시카의 이야기라는 3중 구조의 극중극 형식으로 구성되어있다. 그런데 이러한 복잡한 형식을 더욱 난해하게 만드는 것은 인형의 세계와 광장의 세계(마슬레니차 축제)의 관계가 무대의 세계(발레 〈페트루시카〉)와 객석(현실)의 관계와 상호 모방적이라는 점이다. 이 형식에는 이 시기 예술세계인들의 지극히 상징주의적인 세계인식이 그대로 투사되어 있다. 〈페트루시카〉는 현실과 환상, 산 자와 죽은 자, 일상과 무대를 넘나들면서 세계의 비극성을 그리고 있다.

극중 페트루시카는 다른 두 인물과 달리 자신의 세계가 절대자(인형술사)에 의해 지배를 받는 세계라는 사실을 '깨달은' 존재이다. 그의 비극성은 자신의 존재의 유한함과 세계의 폐쇄성을 '깨달은 자'라는 사실에서 기인한다. 무어인과 발레리나처럼 절대자의 의지에 순종하는 마리오네트가 아니라, 페트루시카는 가장 인간적 감정인 사랑을 느끼고 자신이 처한 닫힌 현실로부터의 탈출을 갈망한다. 세계의 '출구 없음'에 대한 자각, 이로 인한 절망에는 세기말 상징주의자들의 전형적인 세계 인식이 그대로 투영되어 있다. 이러한 종말론적 비극성을 더욱 강화하는 것은 진실을 외면하는 무지한 현실이다. 극 중 페트루시카의 진짜 비극은 그의 죽음이라기 보다는 자신이 생명을 가진 살아있는 존재라는 사실을 대중에게 부정당하는 일이다. 무어인의 칼을 맞고 피흘리며 죽어가는 페트루시카에 놀라 경악하던 사람들이 이것이 연극에 불과한 인형놀이라는 술사의 말을 아무 의심 없이 받아들인다. 사람들은 인형의 세계와 관객의 세계가 견고하게 분리되어 있다는 사실에 안도감을 느끼며 축제를 끝낸다. 그러나 무대 아래의 관객들은 축제에 참여한 사람들의 세계마저 무대 위의 세계, 마리오네트의 세계, 가짜 세계라는 것을 알고 있다. 〈페트루시카〉는 자신의 세계만이 유일하게 진실이라 믿는 어리석고 무지한 사람들에 대한 우화이다.

리브레토, 무대 디자인, 의상에서 음악과 안무에 이르기까지 발레 〈페트루시카〉에는 세계의 이중성, 현실의 연극성, 마리오네트로서의 인간 등과 같은 상징주의적 주제들이 일관되게 관통하고 있다. 〈페트루시카〉는 베누아의 무대 디자인 가운데 상징주의적 성격이 가장 돋보이는 작품이다. 페트루시카 인형에 애착을 가지고 있던 베누아는 자신의 디자인 속에 어린 시절의 축제의 정겨운 기억 속에 등장하는 페트루시카의 소박한 매력을 표현하려고 했지만 인물의 심리에 대한 정교한 묘사 속에 무대는 관객들에게 비극적 파토스를 전달하게 되었다.

베누아가 디자인한 페트루시카의 마르고 볼품없는 모습은 스트라빈스키의 부정합 당김 음을 이상적으로 시각화하고 있으며

[도판 3] 페트루시카 역의 니진스키(1911)

[도판 4] 발레리나 역의 타마라 카샤르비나(1911)

포킨의 갑작스러운 안무 패턴에 정확하게 어울리는 모습으로 탄생했다.[18] 〈페트루시카〉의 음악은 현실계와 환상계로 구분되는 두 개의 세계를 교묘하게 표현하면서 상징주의적 주제를 변주하고 있다. 스트라빈스키는 무대 위의 인간들에게는 일반적인 장조와 단조의 조성을 부여하는 한편, 초자연적인 존재들에게는 동양적인 반음계를 사용하여 두 개의 조성을 통해 두 개의 세계를 표현하고 있다.[19] 처음에 스트라빈스키의 음악을 들은 포킨은 스트라빈스키의 어려운 음악이 귀를 고통스럽게 만들지만 상상력을 자극하고 심금을 울린다고 언급했다. 그러나 대다수의 무용수들은 음악을 이해할 수 없었고 춤에 적합하지 않다고 불평했다.[20] 그러나 포킨은 스트라빈스키의 독창적인 음악을 끊임없이 무용수들에게 설명하며 작품을 무대에 성공적으로 올렸다. 이 작품에서 춤은 무용수의 기교를 과시하기 위한 의미 없는 춤의 연속이 아니라 심리적 표현의 수단으로서 사용된다. 기존의 내용 전달을 위해 쓰는 전형적인 마임 제스처가 팔에 국한 되었던 것에 비해 신체의 모든 부분이 내용의 전달을 위해 사용되어져야 한다는 포킨의 생각이 작품 속에 일관되게 표현되었다.[21]

---

18) John Bowlt 35 참조.

19) 정준호, 『스트라빈스키. 현대음악의 차르』 (서울: 을유문화사, 2008) 68.

20) Michel Fokine 185-186참조.

21) 김말복, 『무용의 이해』 (서울:예전사, 1999) 248-249 참조.

[도판 5] 〈페트루시카〉 공연 (상트페테르부르크 마린스키 극장, 2022)

〈페트루시카〉에는 포킨의 '새로운' 발레에 대한 생각이 돋보이는 흥미로운 장면이 삽입되어 있다. 고전 발레 테크닉을 자랑하며 전형적인 발레리나 복장(튀튀와 토우슈즈)을 한 무용수의 춤은 마슬레니차 장터에서 그녀를 패러디하는 모방자의 춤과 교차되면서 웃음거리로 전락한다. 이는 기존의 발레에 대한 포킨 식의 '유머'처럼 보인다.

예술의 종합으로서의 발레

19세기 말~20세기 초에 은세기의 문화 이념이라고 할 수 있는 '종합주의'는 예술 양식 고유의 경계를 넘어 타 양식과의 적극적인 종합의 방식으로 실현되었다. 그것은 문학이 미술 언어와 만나고, 회화가 문자 언어를 만나는 방식으로 실현되기도 하고 문학가, 음악가, 화가 등이 공조할 수 있는 종합 예술 장르의 모색으로 나타나기도 했다. 서로 다른 취향과 세계관에도 불구하고 예술세계인들은 공통적으로 현대의 산문적 일상을 거부하고 실용주의에 빠진 예술을 본연의 무대로 복귀시키고 궁극적으로는 삶과 예술의 종합을 추구했다.

〈발레 뤼스〉의 댜길레프가 가진 '예술의 종합'의 목표는 청각적이고 시각적으로 뛰어난 공연을 만들어 내는 것이었다. 댜길레프와 베누아가 바그너의 '종합예술론'으로부터 배운 것은 효과적이면서 감각적인 통일체를 만들어내기 위해 음악적 힘과 시각적 힘을 결합시키는 방식이었다.[22] 이들은 회화, 건축, 음악, 조형예술과 시의 창조적 종합의 가능성을 극장 예술, 특히 발레에서 발견하였다. 무용수들의 춤과 음악, 분장과 의상, 무대 디자인과 문학이 통합된 매체인 발레는 시각적 통일성과 완전한

---

22) John Bowlt 39.

조화를 보여줄 수 있는 이상적인 장르로 간주되었다.[23]

탁월한 기획자이자 조직가 댜길레프, 혁신적 안무가 포킨, 천재적 작곡가 스트라빈스키, 뛰어난 화가이자 무대 디자이너 베누아와 박스트의 〈발레 뤼스〉는 예술세계인들의 예술관과 미학관, 창작 방법론을 계승하여 발레 장르를 뛰어난 종합예술 장르로서 세계인들에게 각인시켰다.

---

23) 캐밀라 그레이 55.

<참고문헌>

김말복.『무용의 이해』서울:예전사, 1999.

수잔 오.『발레와 현대무용 – 서양 춤예술의 역사』김채연 옮김. 서울:시
공사, 2004.

스트라빈스키.『스트라빈스키 – 나의 생애와 나의 음악』박문정 옮김. 서
울: 지문사, 1990.

안지영.「러시아 모더니즘과 광대극: 문화적 전사 연구」,『공연문화연구』
16권 (2008) 115 - 141.

최진희.「러시아 상징주의 문화 유형으로서의 창생(жизнетворчество): 행위
유형과 소통방식을 중심으로」,『러시아어문학연구논집』29집
(2008) 317 - 341.

캐밀러 그래이.『위대한 실험. 러시아미술. 1863 – 1922』머라이언 벌레
이 – 모틀리 개정 편집. 전혜숙 옮김. 서울: 시공사, 2001.

Bowlt, John. "Synthesis and symbolism: The Russian World of Art
movement" *Literature and the Plastic Arts(1880 - 1930)*. ed.
Ian Higgins. New York: Harper & Row, 1973. 35 - 48.

Bowlt, John. "Stage Design and the Ballets Russes." *The Journal of
Decorative and Propaganda Arts*. Vol. 5, Russian/Soviet

Theme Issue (Summer, 1987) 28 - 45.

Olson, Laura J. *Performing Russia. Folk Revival and Russian Identity.* New York and London, 2004.

Garafola, Lynn and Baer, Van Norman. *The Ballets Russes and its World.* New Heaven and London, Yale University Press, 1999.

Haldey, Olga. "Savva Mamontov, Serge Diaghilev, and a Rocky Path to Modernism." *The journal of Musicology.* Vol.22, Issue 4(2005) 559 - 603.

http://www.synnegoria.com/tsvetaeva/WIN/silverage/painter/ miriskusstva.html

Блок А. *Собрание сочинений в 8 - ми т. Т. 5.* М. - Л., 1962.

Лифарь С. *Дягилев и с Дягилевым* М., 2005.

Неклюдова М.Г. *Традиции и новаторство в русском искусстве конца XIX - начала XX века.* М., 1991.

4장 미래주의와 책다움(bookness)*

책다움(bookness)의 문제

19세기 말~20세기 초 은세기 문화의 특징이라고 할 수 있는 '예술의 종합(синтез искусства)'은 예술양식 고유의 경계를 넘어 타 양식과의 적극적인 '대화성'을 바탕으로 하고 있다. 예술가들 사이의 다면적인 관계에 의해서 탄생한 '예술의 종합'은 예술의 본령을 지키면서도 타 예술 장르 진입에 대한 두려움에 짓눌림 없이 자유롭게 경계를 넘나든 예술가들에 의해서 만들어졌다. 전통적인 종합 예술 장르인 오페라와 발레를 넘어서 기존에 예술적 장르로서 인지되지 못했던 새로운 종합 예술 장르가 각광을

---

* 4장은 논문 「은세계 예술 문화의 대화성: 예술의 종합으로서의 미래주의 책」 (2011, 『러시아어문학연구논집』)을 수정, 보완한 것이다.

받게 되었다. 그것이 바로 '책 예술(искусство книги)'이었다.

19세기 말까지 예술적 관심 영역을 벗어나 있던 '책'이 종합예술 장르로서 그 가치를 인정받으면서 동시대 주요 문학가들과 화가들의 중요한 공동 창작 영역으로 등장하게 되었다. 문학과 회화는 물론 디자인과 인쇄술에 이르기까지 창작물 산출의 전체 영역 자체가 유기적인 의미를 가지게 되면서 책은 은세기 문화 속에서 중요한 종합 예술 장르가 되었다.

러시아에서 종합 예술 장르로서의 책에 최초로 주목한 이들은 상징주의자들이었고, 이들의 뒤를 이은 아방가르드 예술가들은 책의 본성 자체에 대한 의문을 제기하며 본격적인 '책 예술'의 시대를 열었다. 책 자체에 대한 고급한 심미적 태도에 일침을 놓으며, 책에 대한 고정관념을 뒤흔들어 놓았던 러시아 아방가르드 예술가들은 지식인을 포함, 대중들이 가지고 있던 '책다움 (bookness)'에 대한 관습적 인식에 커다란 충격을 주었다.

인간은 전통적으로 세상의 지식과 정보를 전달하고 인간의 사상과 감정을 전하는 매체로서 책을 인식해왔다. 파피루스에서 양피지로, 양피지에서 종이로, 개인적인 필사작업에서 수도원의 필사전용실 스크립토리움[1]으로, 스크립토리움에서 동업 조합과 가내 작업으로, 다시 목판 인쇄술에서 구텐베르크의 인쇄술 발

---

1) 중세에 원고를 필사하는 필경사들을 위해 수도원 내에 따로 마련한 필사실.

명으로, 이후 근대적인 책으로부터 최근의 전자책에 이르기까지 다양한 형태를 가진 책은 인간의 가장 오래된 커뮤니케이션 수단이었다.[2] 디지털 시대를 맞이하여 전통적 의미의 책의 개념에 큰 변화가 생겼다. 디지털 문화의 발생 초기에 종이 책의 지속성에 대한 회의적 시각이 표출된 것이 사실이지만 아직까지도 종이 책은 여전히 인간에게 중요한 정보의 창고이자 지식의 보고 역할을 하고 있다.[3]

　'창고' 혹은 '보고'로서의 책이 의미하는 바는 책이 담고 있는 내용, 즉 콘텐츠가 '책다움(bookness)'의 핵심임을 보여준다. 구텐베르크의 금속판 인쇄 이후 기존의 필사 서적들이 활판 인쇄로 대체되면서 표준화되고 대량 생산되면서, 그 결과 만듦새보다는 내용이 소비 행태의 주요 대상이 되었다. 활판 인쇄로 인해 선형 텍스트가 확립된 후 수평(혹은 수직)적인 형태를 제외한 그 어떤 방식도 허용되지 않았다. 과거 필사생들의 다양한 서체들이 사라지면서 활자 형태와 텍스트 형태가 단일화되었고 텍스트 전체가 단일한 타입과 크기의 활자들로 채워졌다. 모든 판본들은

---

2) 정준모, 『Art Book Art』 (서울: 컬처북스, 2003) 12.

3) '책의 종말'에 대한 최초의 언급은 마샬 멕루언이 새로운 미디어 시대를 규정하며 '활자적 인간'과 '전자적 인간'이라는 개념을 유행시키며 등장했지만 그의 예언은 아직까지는 판단을 유보할 필요가 있어 보인다. 최근 '전자책(e-book)'을 사용할 수 있는 각종 어플리케이션들이 속속 등장하면서 전자책 확대의 조짐이 보이고는 있으나 아직까지 '종말'을 언급할 만큼의 잠재력을 가지고 있다고 보기에는 때 이른 감이 있다.

동일한 커버, 동일한 종이, 동일한 사이즈, 동일한 활자체, 동일한 편집 스타일로 획일화되었다.

매체의 변화와 함께 지각 방식도 변화하게 되었다. 인쇄 기술이 등장한 이후 책은 소리 내어 읽는 것이 아닌 마음속으로 읽는 것으로 변화하게 되었고 이에 따라 인간의 지각 방식도 선형성이 요구되었다.[4] 책은 목차와 절, 장 등의 순서로 구성되고 독자는 주어진 순서에 따라 책을 읽게 되었다. 따라서 책과 독자와의 관계는 일방향적으로 전개되며, 저자로부터 독자가 가질 수 있는 권한은 책의 내용을 읽는 것으로 한정되었다.

그러나 19세기 유럽에 널리 퍼진 '아티스트 북(Artist's book)'은 책의 물성에 대한 관심을 높이고 책의 기능성에 대한 기존의 시각을 재고하게 만들었으며 고급 문화 상품으로서 예술가들의 관심을 끌게 되었다.[5]

19세기 말에 러시아 최초로 종합 예술 장르로서 책을 '발견'하고, 구성 요소들의 유기적 통일체로서 책에 대한 전문적인 관심을 기울인 것은 상징주의 예술가들이었다. 그리고 중심에는 〈예술 세계〉가 있었다. 대표적 예술가인 알렉산드르 베누아, 이반

---

4) 임영길, 최창희, 「디지털 시대의 책의 종말과 북아트」, 『기초조형연구』 10권 (2009) 396.

5) 기실 활판 인쇄술이 발달하기 전까지 책은 하나의 수공예품이자 예술품이었다. 『Art Book Art』의 편집자는 구텐베르크의 인쇄술이 발명한 이후에도 여전히 '아름다운 책'에 대한 수요가 있었으며 이러한 전통은 오늘날에도 여전히 유효하다고 지적하고 있다. 정준모 13.

빌리빈, 므스티슬라프 도부진스키, 콘스탄틴 소모프와 보다 젊은 세대라 할 수 있는 드미트리 미트로힌과 세르게이 체호닌 등은 책을 이성과 감성을 종합하는 '종합 예술 작품'으로 생각하고 자신들의 창작 활동으로 이러한 주장을 뒷받침하였다.[6] 이들에게 책은 고유한 리브레토와 무대 장식 및 특정한 관객을 가진 미니어처 극장이었다.

책에 대한 예술세계인들의 관심은 삶을 예술에, 예술을 삶에 결합시키려는 19세기말 유럽의 공통된 현상이었다. 윌리엄 모리스를 주축으로 하는 영국의 미술공예운동에서 시작된 이 현상은 19세기 후반~20세기 초반 빈의 분리파, 프랑스의 아르누보, 독일의 유겐트 등으로 확산되었다.[7] 이 흐름은 르네상스 이후 예술과 사회가 분리되고, 산업화와 과학기술의 발달로 예술가의 고립이 심화되면서 창조정신은 희미해지고 심미성은 떨어지게 되었다는 판단 하에 예술과 삶을 조화시킬 것을 주장하였다.[8] 디자인, 건축, 공예처럼 예술과 일상을 접목시킨 책 제작은 새로운 시대의 예술가들에게 매력적인 대상이었다.

---

6) John E. Bowlt *Moscow & Petersburg: Art, Life & Culture of the Russian Silver Age* (New York: The Venddome Press, 2008) 186.

7) 서적 분야에서 예술세계인들에게 가장 큰 영향을 준 인물은 영국의 오브리 비어즐리(Aubrey Beardsley)였다. 상징주의 잡지 <천칭(Весы)>은 비어즐리 특집호를 만들기도 했다. Bowlt 148-150.

8) 필립 B. 멕스, 『그래픽디자인의 역사』 황인화 옮김 (서울: 미진사, 2002) 193-195 참조.

예술세계인들이 이전 세대의 책 출판자들과 근본적으로 달랐던 것은 책 전체와 책의 표지, 간지, 간지의 무늬, 페이지 디자인, 그림, 활자 등 책의 각 부분들을 하나의 유기체의 일부로, 상호 치밀하게 고려해야할 것으로 인식했다는 점이다. 〈예술 세계〉의 사상적 대표자인 알렉산드르 베누아는 다른 예술과 책 디자인의 차별성에 대해 "자신이 개입하는 작품에 자신의 작업을 조화롭게 결합시켜야할 필요가 있다는 사실을 잊지 말아야 할 것이다"라고 주장하며 책의 총체성이 반드시 고려되어야 한다고 지적했다.[9] 그는 「그래픽의 과제(Задача графики)」에서 다음과 같이 말한다.

이 작은 건축물(책-필자)에서 '벽채'와 주된 임무, 해당 영역의 고유 법칙을 잊어서는 안 된다. 책을 제작하는 예술가는 책이 요구하는 기본적인 미에 특히 주의를 기울여야 한다. 포맷의 선정, 종이의 질, 표면과 색, 페이지 속 텍스트의 위치, 채워진 공간과 빈 공간의 구분과 그 상관성, 활자, 페이지 닫기, 책의 절단면, 장정 등에 특히 주의를 기울여야 한다.[10]

19세기 말까지 러시아에서 책은 텍스트 그 자체를 의미하였

---

9) Бенуа А. "Искусство и печатное дело," http://www.sapr.ru/Article.aspx?id=9164#1에서 재인용.

10) Там же.

다. 책의 구조나 형태 등은 고려의 대상이 되지 못했으며 심지어 책에 등장하는 삽화는 액자에 끼워져 걸어 놓을 수 있는 것으로 생각되거나 그저 종이 위에 그려진 그림 얼룩 정도로 생각되었다.[11] 활자의 선택도 자의적이었고 책의 컷이나 장식 무늬는 두서없이 사용되었다. 이때까지 화가들은 삽화를 문학작품에 대한 자신의 개인적인 관점을 표현하는 것으로 생각하였으며 텍스트의 형태, 구체적으로는 책의 디자인은 자신들의 관심사가 아니라고 생각하였다. 특히 이동전람회파 화가들이 이러한 생각을 주도하였는데 그 결과 그들이 제작한 삽화는 '책 속의 예술'은 되었지만 '책 예술'은 될 수 없었다. 한편 또 다른 화가들은 삽화가 전적으로 책의 저자의 의도에 따라야 한다고 생각했다. 삽화의 역할과 예술적 구성은 책 전체에 대한 저자의 의도에 비해 상대적으로 부차적이며 부가적이라고 생각했기 때문에 이러한 경우 '책 예술'은커녕 '책 속의 예술'도 있을 수 없는 일이었다.[12]

그러나 책 속에 담긴 내용뿐만이 아니라 책의 형식 자체에

---

11) *Образ книги в русской графике первой трети XX века.* Сост. и тексты Ю.А.Молок. В.С. Турчин (М., 2003) 12. 베누아는 19세기 후반까지의 서적 제작에 대해 다음과 같이 언급하였다. "1860년대에서 1890년대까지 러시아의 책과 삽화는 조악한 취향을 그대로 드러낸다. 더 의미 심장한 사실은 그것이 무지와 무관심을 그대로 보여주고 있다는 점이다." Там же 44-45.

12) Немировский Евгений. "Архитектор книги," http://www.sapr.ru/Article.aspx?id=9164#1

대한 관심을 최초로 제기한 예술세계인들은 책이나 잡지의 구조 전체가 직간접적으로 텍스트를 지배하는 분위기를 느낄 수 있도록 유기적으로 만들어져야한다고 생각하기 시작했다. 이와 같이 '유기체'로서의 책을 바라보는 예술세계인들의 태도는 재현(representation)에 대한 상징주의적 시각을 그대로 드러내고 있다. 전기 상징주의자들은 초월적인 것을 암시할 수 있는 물질의 능력을 신뢰하였으며 이는 이미지와 색체 그 자체에 고양된 관심으로 나타났다. 이는 물질적 요소들의 조직화를 통해 절대적인 우주의 진실이 드러날 수 있다는 믿음을 바탕으로 하고 있다. 이 과정에서 물질성의 역할은 진실의 재현을 용이하게 해야 했다.

예술세계인들은 책 제작에 있어서 상징으로 표현되는 신비주의적 내용에 주목하도록 하기 위해 '과도한' 자연주의를 거부하고 보다 세련되고, 보다 미적으로 충만한 작품을 만드는데 주력한다. 이들은 특히 책의 '세련미(стильность)'를 중요시 하는데 이때 책의 세련미는 그래픽적 스타일의 통일성을 바탕으로 만들어졌다. 그래픽 특유의 섬세한 표현 능력으로 장식적 기능과 조형적 기능을 조화롭게 아우르는 그래픽 화(畵)는 책의 예술적 총체성을 가능하게 만들었다.

대표적인 작품으로는 소모프의 잡지 〈예술 세계〉 표지들, 베누아의 『청동 기마상(Медный всадник)』(1903-1922) 삽화, 소모프의 『후작 부인의 책(Книга Маркизы)』(1918)의 삽화, 이반 빌리빈의 푸시킨 동화와 민중동화의 화려한 판화들이 있다. 이 가운데 특히 주목할 만한 것은 소모프가 그린 뱌체슬라프 이바노프의 시집 『불타는 심장(Cor Ardens)』(1907)의 표지([도판 1])이다.

가운데 붉은 심장 위에 타오르는 불을 꽃 넝쿨이 아름다운 고리 형식으로 감고 있고 우아한 커튼이 아래로 부드럽게 떨어지는 모양은 전형적인 아르누보 장식이다. 이 표지에서 이바노프의 상징주의적 이상은 소모프의 유려한 선과 화려한 장식, 신비주의적 상징을 통해 조형적으로 형상화되어 있다.

잡지 〈예술 세계〉는 이 시기 최신식 사진 제판술인 니에프스식 사진기법(гелиография), 사진철판술(фототипия)로 불리는 최신 대량 복제술, 오토 타이프 방식(автотипия) 등 최신의 인쇄 기술을 사용하였으며 그림의 복사화들은 독일과 핀란드에서 주문 제작하였다.[13] 사진을 이용한 제판 방식이 개발되면서 기존의 수동식 인쇄판을 대체한 사진 제판이 가능하게 되었으며 이를 통해 새로운 표현의 자유가 생겨났다. 복제 기술의 완성도가 높아지면서 화가의 복잡한 테크닉도 성공적으로 모사할 수 있는 기술이 마련된 것이다. 이제 예술가들은 연필, 펜, 수채화 등 다양한 재료

---

13) Там же.

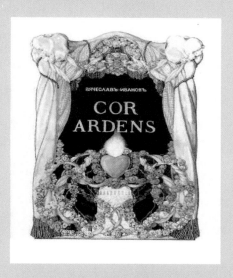

[도판 1] 이바노프 『불타는 심장』 표지 (소모프, 1907)

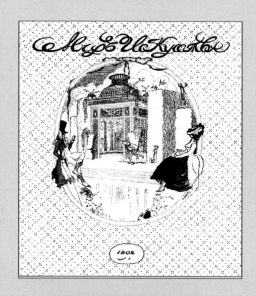

[도판 2] 〈예술 세계〉 표지 (소모프, 1902년 2호)

들을 사용하여 보다 정교한 기술을 서적 제작에 활용할 수 있게 되었다.

이러한 상징주의자들의 책은 '리브르 다티스트(Libre D'Artist)'에 가깝다고 할 수 있다. 불어로 '예술가의 책'을 의미하는 리브르 다티스트는 19세기 프랑스 유명 화가들의 작품을 책으로 만든 것으로 중상류층을 주 소비층으로 한 고급스런 책을 의미한다.[14] 예술세계인들이 19세기 말까지 화가들의 조형적 요소와 전통적으로 수공업 장인들의 영역이었던 장식적 요소가 혼재했던 절충주의적 책을 뛰어 넘어 유기적 총체로서의 책에 주목한 것은 분명하다. 그러나 초월성의 물질적 재현에 대한 상징주의적 믿음을 바탕으로 모색된 책의 유기적 통일성은 실제로는 화가들의 그래픽적 공간의 확대로 전개되었다. 상징주의 화가와 문학가들은 유미주의 정신을 공유하기는 하되, 철저하게 자신들의 고유한 영역을 지키며 상대방의 영역을 침범하지 않았다. 이들에게 책은 종합 예술 장르로서의 매력을 가진 새로운 예술적 공간으로서는 의미가 있었지만 책의 본성 자체는 관심의 대상이 아니었다. 이들은 책의 의도나 주제, 형식 등 책 개념에 대해 근본적인 의문을 제기하지 않았다. 이는 이들의 강력한 '안티', 아방가르드 예술가들에 의해 본격적으로 시도된다.

---

14) 리브르 다티스트에 대한 보다 자세한 내용은 임영길, 최창희 397-399참조.

안티-북(Anti-book)

1912년 러시아 미래주의 역사에서 매우 특별한 예술 장르가 탄생하였다. 바로 미래주의 시인들의 석판 서적 『지옥에서의 게임(Игра в аду)』, 『오래된 사랑(Старинная любовь)』 등이 출판된 것이다. 이 책들에는 러시아 미래주의의 중요한 원칙들이 종합적으로 표현되었다. 값비싼 인쇄소를 이용할 수 없었다는 순수하게 외적인 조건들로 인해서 탄생되긴 하였지만 이러한 외적인 조건은 미래주의자들의 미학에 적절한 토양을 제공하며 '책의 본성'과 혁신적인 시 분야에 훌륭한 실험 조건이 되어주었다.

미래주의 책 제작의 대표자였던 크루초니흐는 다음과 같이 회상하고 있다.

최초의 출판은 엄청난 노력이 필요했다! 자비를 털어서 만든 것은 말할 것도 없고 이득도 전혀 발생하지 않는 것이었다. 간단히 말해서 돈은 한푼도 없었다. 나는 출판을 위해 석판용 연필을 이용해서 『지옥에서의 게임』과 『오래된 사랑』을 손으로 옮겨 썼다. 연필은 잘 부러져서 글자를 쓰기에 불편했다. 이 작업에 며칠이 걸렸다. 곤차로바와 라리오노프는 우정의 표시로 그림을 무료로 그려주었다. 인쇄소에 줄 3루블을 빌리러 모스크바 전체를 헤매

야 했다. …… 결국 내게서 아무 것도 기대할 수 없다는 것을 알
게 된 인쇄소의 주인은 나의 절망적인 행동과 거친 외모, 책의
내용에 놀라 이렇게 말했다. '우리에게 불만이 없다는 증명서를
써주시오. 3루블을 더 내고 빨리 책을 가지고 나가시오!' 다시 3
루블을 구하느라 도시의 절반을 뛰어다녀야 했다. 급했다. 혹시
인쇄소가 생각을 바꾸지나 않을지, 일이 잘못되지나 않을지
…… .[15)]

스무 권 남짓한 미래주의 서적 작업에 미하일 라리오노프, 나
탈리야 곤차로바, 벨리미르 흘레브니코프, 블라디미르 마야콥스
키, 알렉세이 크루초니흐, 니콜라이 쿨빈, 올가 로자노바, 파벨
필로노프와 같은 러시아 아방가르드의 대가들이 모두 모였다.
'푸시킨과 도스토옙스키를 현대라는 기선에서 내버릴 것'을
주장했던 미래주의자들은 예술세계인들의 화려하면서도 유미주
의적인 책들에 대해 '따귀를 날리기'를 주저하지 않았다. 이들은
예술세계인들의 세련된 '호화 취향'에 대한 거부감의 표시로 값
비싼 종이(верже) 대신에 싸구려 벽지로 자신들의 '무취미', '저급
취향'을 과시하였다. 미래주의자들의 책은 작고, 거칠고, 내부와
외부 모두 조잡하며, 석판본 대다수가 30~70코페이카 정도로

---

15) Крученых А. "Наш выход." *Русский футуризм* (М., 1999) 378-379.

매우 저렴했다.[16] 이들은 의도적으로 독자에게 충격을 주고 그들의 관습적 취향을 모독하며 미학적 클리세와 스테레오 타입의 인식을 파괴하려는 의도를 가지고 있었다. 싸구려 용지, 마분지 표지, 너절한 철(綴)은 〈예술 세계〉의 미학주의에 대한 도전이었다.[17]

또한 이들은 어린이 그림, 루복, 도시의 광고판 등 도시 하류 문화를 탐색하며 의도적으로 '반문명적인' 태도를 보임으로써 오히려 기존의 '전문적 영역'의 한계를 자유롭게 넘어설 수 있었다. 전문가들만이 해당 분야의 작업을 '전문적'으로 해 낼 수 있다는 기존의 사고에서 탈피, '반(反) 전문성'을 앞세운 이들은 그 어떤 전문성의 장벽도 가볍게 뛰어넘을 수 있는 자세와 의지를 가지고 있었다. 예브게니 코프툰의 언급처럼 미래주의자들의 저항은 '기계 방식이 아닌 수제품의 인상'을 원칙적으로 지향하고 있다.[18]

---

16) Margit Rowell, Deborach Wye, *The Russian Avant-garde Book 1910-1934* (New York: The Museum of Modern Art, 2002) 29. 32. 상징주의자들의 잡지 〈아폴론〉의 경우 1913년 1루블 57코페이카였으며 이는 미래주의자들의 책보다 4배정도 비싼 가격이었다. 또한 전형적인 '리브르 다티스트'인 베누아 삽화의 『스페이드의 여왕』은 10루블이었으며 일련 번호가 매겨진 판본은 35루불인 것에 비하면 미래주의자들의 책의 가격은 매우 저렴했다.

17) 알렉산드르 베누아는 1912년 미래주의의 첫 번째 석판 서적인 『오래된 사랑(Старинная любовь)』, 『거꾸로세상(Мирсконца)』, 『지옥에서의 게임』의 미하일 라리오노프의 작업에 대해 "10년 동안 뛰어난 재능으로 두각을 나타내 왔던 라리오노프가 장난처럼 광대 같은 책자를 낼 생각을 했다니 이해하기 힘들다."고 당혹감을 드러내었다. Бенуа А. "Художественные призмы. Иконы и новое искусство," *Речь*, 5 Апр. (1913)

18) Ковтун Е. *Русская футуристическая книга* (М., 1989) 90.

미래주의 책 디자인 가운데 가장 먼저 눈에 띠는 것은 책 형식의 특이성이다. 책의 크기는 물론, 표지에서부터 속지, 텍스트와 여백의 구별, 행의 길이, 글자의 크기에 이르기까지 기존의 책 디자인에 있어서 당연하게 생각되었던 고정성과 안정성, 반복성, 규범성은 모조리 무시되었다.

카멘스키의 강철 시멘트 서사시(Железобетонные поэмы)[19] 『옷 입은 자 가운데 옷 벗은 자(Нагой среди одетых)』([도판 3])는 오른쪽 위편 귀퉁이가 사선으로 잘린 오각형을 하고 있다. 또한 이들은 관례적으로 사용된 책의 재료를 거부하고 자신들의 시를 싸구려 벽지에 인쇄하였다. 싸구려 벽지 인쇄는 이미 1910년 미래주의자들의 최초의 시집인 『판관의 새장(Садок судей)』에서도 사용되었다. 당시 도시 부르주아 취향에 대한 모욕을 목적으로 한 내용과 형식은 문화계에 큰 충격을 주었다. 카멘스키는 벽지의 무늬가 있는 부분위에 표지 글을 인쇄한 종이를 덧바르는 형식으로 표지를 만들었으며 속 내용은 무늬가 없는 뒷면에 인쇄하였다.

삽화와 텍스트가 서로 분리되는 관례성이 파괴되면서 여백의 개념이 모호해지기도 했다. 전통적인 개념으로 볼 때 지속적인 독서를 목적으로 만들어지는 책은 마주보는 면을 서로 조절하여

---

19) 영국의 구체시(具體詩, concrete Poetry)와 유사한 현상으로 페이지를 그림의 캔버스의 표면처럼 시각적인 공간으로 인식, 시를 페이지위에 배분되는 문자와 단어들의 공간적 구조물로 파악하여 시각적 효과를 유도하는 시.

[도판 3] 카멘스키 시집 「옷 입은 자 가운데 옷 벗은 자」 표지(1913)

독자로 하여금 하나의 단위로 인식하게 만들어야 한다. 전통적인 디자인에서 위 여백은 아래 여백보다 작게 만들며 이것이 지켜지지 않았을 때는 디자인이 잘못된 것으로 인식하게 된다. 또한 여백에 따라 삽화 부와 텍스트 부가 분명하게 구분되어 독자에게 양자의 관계에 대한 일정한 표준을 부여하게 된다. 그러나 크루초니흐의 시와 올가 로자노바의 글씨 및 삽화가 삽입된 『나쁜 언어의 오리 둥지(Утиное гнездышко дурных слов)』([도판 4])에서 보듯이 삽화 부와 텍스트 부는 병치되어 전통적 의미의 여백 자체가 모호하다. 이 책의 삽화들은 활판 인쇄(letterpress) 후 수채 물감으로 채색하거나 석판 인쇄에 수채 및 과슈로 채색되었다. [도판 4]에서 보듯이 손으로 쓴 텍스트 부와 수채 및 과슈로 그린 그림 부분은 서로 병치되어 삽화와 텍스트의 경계가 모호해지면서 손으로 쓴 필적의 시각성이 더욱 강조되어 있다.[20] 이와 같은 생경한 인쇄 방식은 독자로 하여금 기존의 전통적 문자 인지 방식으로부터 벗어나도록 자극한다.

또한 이들의 '반 전문성'은 예술세계인들이 발전된 인쇄 기술의 사용을 선호하며 의식적으로 손으로 텍스트를 쓰지 않았던 것과 대비된다. 실제로 예술세계인들이 손으로 텍스트를 쓰는

---

20) 아방가르드 예술가들의 서적 작업은 원시주의와 밀접한 연관이 있으며 특히 러시아 민중 판화 '루복'의 기법을 차용한 것으로 보인다. 아방가르드 회화와 민중 판화 '루복'의 연관성은 최진희, 「민중 판화 루복(Лубок)과 아방가르드 미술」, 『러시아어문학연구논집』 (서울: 2004) 237-272 참고.

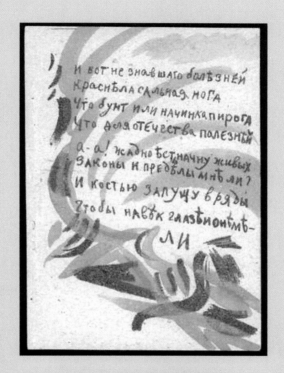

[도판 4] 크루초니흐 시집 「나쁜 언어의 오리 둥지」 본문(로자노바, 1913)

일은 극히 드물었다. 그러나 미래주의자들은 반대로 손으로 텍스트를 쓰는 것을 기본으로 삼았으며 그 결과 책 전체가 그래픽 작품으로 탈바꿈하였다.[21] 또한 활판 인쇄의 경우 서체와 사이즈의 선택에서 비용이 결정적인 역할을 하기 때문에 상대적으로 선택의 폭이 좁았다면 미래주의자들이 손으로 텍스트를 쓴 석판 인쇄는 작업의 창조성을 극대화하였다.

미래주의 책에서는 동일한 인쇄본의 숫자인 인쇄 부수의 의미가 퇴색되었다. 구텐베르크의 금속 활자 발명 이후 활자와 프레스의 사용으로 동일한 인쇄소에서 동일한 형태의 출판본이 대량으로 복제되어 나오게 되었다. 이후 같은 판본의 책은 관례적으로 내용과 외형 모두 일률적이며 고정적인 형태를 지니게 되었다. 그러나 수작업으로 완성된 미래주의 책은 각각이 모두 독창적인 판본이 되었다. 라리오노프와 크루쵸니흐가 공동 작업한 『포마다(Помада)』(1913)의 전체 발행 부수 480부 가운데 25부는 화가가 직접 수채로 채색되었다.[22] 이 경우 수작업으로 채색된 25부는 서로 다른 유일본이 되었다. 또한 다양한 색과 모양의 종이를 사용한 콜라주 기법이 이용된 경우에도 동일한 판본이 있

---

21) Кузнецов Э. "Футуристы и книжное искусство," *Поэзия и живопись: Сб. трудов памяти Н.И.Харджиева* /Под ред. М.Б. Мейлаха и Д.В.Сарабьянова. (М., 2001) 489-503 참조.

22) Боровков А.И. *Заметки о русском авангарде: Книги, открытки, графика* (М., 2007) 127-128 참조.

[도판 5] 크루초니흐, 흘레브니코프 희곡 『거꾸로세상』 표지(로자노바, 1913)

을 수 없었다. 흘레브니코프와 크루초니흐의 희곡과 로자노바 그림의 『거꾸로세상(Мирсконца)』([도판 5]))의 표지는 검정색 종이로 만든 꽃이 콜라주되어 있다. 이 경우 매번 콜라주 작업이 같을 수 없다는 이유로 모든 판본은 원칙적으로 동일하다고 말할 수 없으며 따라서 인쇄 부수의 의미가 무의미해진다. 한편, 크루초니흐와 흘레브니코프의 시와 로자노프 그림의 『테 리 레(Тэ ли лэ)』 (1914)는 곤약판[23]으로 인쇄되었는데 이 경우에도 개별 판본들은 형태적 유사성만을 유지할 뿐, 서로 밀도도 균등함도 다르게 인쇄되기 때문에 동일성을 이야기하기 어렵다. 안정적이며 반복적인 규범적 형태의 전통적 책을 거부하는 미래주의의 '반문명적', '비전문적' 책은 '읽기'보다는 '보기'를 중심으로 무게가 이동하고 있다. 미래주의자들은 특히 책을 형태로 인식한다는 점에서 기존에 정보와 지식의 매체라는 점에서 생각했던 책의 본성 자체에 의문을 제기하였다.

---

23) 인쇄판의 하나. 우무에 글리세린 따위를 섞어 쪄서 평평하게 응고시킨 다음, 짙은 자줏빛 잉크로 인쇄하려는 글자를 써 넣고 종이를 붙였다가 한참 만에 떼어 내고 백지를 얹어서 날염하는 인쇄 방식.

책 그 자체(книга как таковая)

책이라는 대상 자체가 정신적이면서도 물질적인 의미로 이해
된다면 미래주의자들은 전통적으로 배제되었던 책의 물질적 의
미에 대한 새로운 측면을 보여주었다. 이는 시각의 의미화라는
미래주의의 미학 원칙과 관련이 있다. 미래주의자들은 형식과
레이아웃, 그리고 이미지가 커뮤니케이션에서 갖는 중요성을 높
이 평가하였다. 그들은 자신들이 쓴 문학 작품처럼 그 작품을
담아내는 '그릇'인 책 자체가 '어떤' 의미를 전달할 수 있다고 생
각했다. 미래주의자들은 '말 그 자체(слово как таковое)'에 주목하여
말의 물성에 주의를 기울인 것처럼, 책의 물성(Materiality)에 주의
를 기울였다. 책을 구성하는 표지, 삽화, 텍스트 뿐 아니라 사이
즈, 부피, 타이포그래피, 면지, 종이에 이르는 책의 모든 팍투라
는 그 자체로 의미를 전달하는 매개가 되었다.[24] 작품의 사이즈
와 부피와 같이 전적으로 양적인 의미를 가지는 것처럼 보이는
요소들에 질적인 의미를 부여하며 크루초니흐는 다음과 같이 언
급했다.

> 나는 정말로 끝나지 않는 작품이나 큰 사이즈의 책을 좋아하지

---

24) 책 자체가 하나의 독립된 작품이라는 의미에서 현대적 의미의 북 아트(Book Art)와 밀접한 연
관이 있다.

않는다. 그것은 한 번에 읽을 수 없다. 독자들은 그것에서 그 어떤 총체성도 느끼지 못한다. 책은 작아야 한다. 하지만 거짓을 담아서는 안 된다. 모든 것은 그 자신이어야 하며 그 책에 속해야하고 마지막 잉크가 마르는 순간까지 그것이어야 한다.[25]

언어의 '물성'을 강조하는 미래주의자들이 언어의 '청각성'에 주목하였다면 책의 '물성'에 대한 미래주의자들의 관심은 우선적으로 책의 '시각성'(혹은 조형성)의 강조로 이어졌다. 이들에게 문자는 시각적 기호이며, 단어는 오브제였다. 이제 책은 읽기가 아니라 보이기 위한 것이 되었다. 이러한 시각성은 익숙한 텍스트의 인지 조건을 낯설게 만듦으로써 부각되었다.

앞서 언급한 것처럼 미래주의자들은 직각 형태로 책을 만드는 것도 거부하고, 양피지건 종이건 간에 책을 만드는 재료의 천편일률성에도 반대한다. 크루초니흐의 시와 나탈리야 곤차로바의 그림의 『두개의 포에마: 은둔 남녀(Две поэтмы: пустынник и пустынница)』(1913)는 일반적으로 텍스트가 왼쪽에서 오른쪽으로 횡으로 진행되는 것과는 달리 90도 눕혀져 있어서 텍스트 페이지와 삽화 페이지를 번갈아가며 위치를 바꿔 읽도록 되어 있다. 또한 『테 리

---

25) Крученых А., Хлебников В., Гуро Е. *Трое* (СПб, 1913) 75. Rowell, Margit, Wye, Deborach 28 에서 재인용. 사이즈와 관련된 또 다른 이유는 이들이 주로 사용한 석판 자체가 저렴한 작은 사이즈였기 때문이다.

레』처럼 텍스트가 페이지마다 모두 다르게 배열되어 있어서 독자들은 계속 책의 위치를 바꾸어 읽어야 함은 물론이고, 매 페이지들이 서로 다른 포맷으로 구성되어 있어서 매 페이지 마다 긴장을 유지해야 한다. 행의 직선적 형태나 개별 문자의 일률성도 거부된다. 손으로 쓴 행의 선은 마치 식자공이 조판 부호 없이 손으로 자유롭게 쓸 때처럼 고르지 않게 배열된다. 그러면서 자연스러움은 더욱 각광 받고 충동적인 것은 미학적인 요소가 된다. 행은 구부러지고 아치 형태가 되면서 비틀어진다. 심지어 『거꾸로세상』은 텍스트가 서로 다른 두 사람의 필체로 쓰여 최소한의 윤곽마저 일치하지 않는다. 그 결과 익숙한 규범적 텍스트는 사리지고 텍스트는 '붕괴한다.'

이러한 규범적 텍스트의 붕괴는 바로 책, 즉 책이 담고 있는 지식 자체의 '올바름(правильность)'에 대한 문제를 제기한다. 크루초니흐는 『자움 책(Заумная гнига)』(1915)에서 "건전한 상식을 가지고 책을 읽는 것을 금지한다"[26]고 주장한다. 그는 커뮤니케이션의 논리성과 이성주의를 부인하고, 모든 지적인 가치도 부정하면서, 커뮤니케이션 수단으로서의 말로부터 단호하게 자유로워질 것을 요구하였다. '말 그 자체'를 통해 독자들은 '삶 그 자체'에, 모든 규범을 벗어나 존재하는 비이성적인 본질 자체에 대면할 수

---

26) Крученых А. Алягров, "Заумная гнига". http://archives.getty.edu:30008/getty_images/digitalresources/russian_ag/pdfs/gri_88-B27991.pdf

[도판 6] 크루초니흐, 흘레브니코프의 시집 『테 리 레』 (로자노바, 1914)

있다. 크루초니흐는 논리나 언어 수수께끼를 해독할 수 있는 독자의 능력, 책에 관한 지식에도 의지하지 않는다. 마치 언어 시스템을 넘어선 것 같은 미래주의자들의 초이성어에서 지시 대상은 말 그 자체가 된다. 독자들로 하여금 자신들의 무의식과 비이성적 직관, 감각의 심연을 들여다보고, 지식의 틀을 넘어서 연상과 암시를 추동해내도록 만든다. 이러한 의미에서 초이성어시는 시인의 '포커페이스'뒤에 감추어진 핵심, 영혼의 무의식과 비교할 수 있을 것이다.[27]

책의 물성과 관련하여 미래주의자들로부터 다양한 형식 실험의 대상이 된 것은 타이포그래피였다. 이들은 문자에 역동성을 부여함으로써 문자 자체의 형태와 의미하는 내용의 통일성을 시도하였으며 유용한 모든 방법을 동원하여 형태 속에 생명과 아름다움을 부여하고, 이를 통해 가독성의 가능성을 타진했다. 카멘스키에 따르면 "문자는 세계를 잉태하는 구체적인 이상적 상징이다."[28]

미래주의자들의 책에서 문자나 단어는 '말-이미지(слово-образ)'로서 인식되며 개별 페이지들은 독창적인 예술작품으로서의 위상을 가지게 되었다. 미래주의 선언문 「문자 그 자체(Буква как

---

27) Rowell, Wye 30.

28) Каменский В. *Его-моя биография великого футуриста* (М., 1918) 123.

такова) 」(1913)에서 타이포그래피의 중요성이 다음과 같이 지적되고 있다.

중요한 두 가지 지점이 존재한다.

1. 글을 쓰는 동안 작가의 기분에 따라 필체가 달라진다.

2. 기분에 따라 고유하게 변화하는 필체는 단어와는 별개로 독자에게 그 기분을 전달한다. 문자 기호와 시각 기호 혹은 단순히 맹인의 손이 느끼듯 그러한 감각 기호의 문제도 바로 이와 같은 차원에서 제기되어야 한다. 분명한 것은 말하는 사람이 작가가 될 필요는 없다는 것이다. 오히려 그 일을 화가에게 맡기는 편이 더 나을 것이다. 하지만 그런 책은 아직까지 없었다. 그 일의 시작은 미래주의자들이 할 것이다. 바로 『오래된 사랑』은 라리오노프에 의해 인쇄용으로 다시 옮겨졌다. 『폭발』은 쿨빈에 의해서, 『나쁜 언어의 오리 둥지』는 로자노바에 의해 옮겨졌다.······ (생략 - 필자) 어떻게 가장 모던한 인간이라고 여겨지는 발몬트나 블록이 자신의 작품을 인쇄공이 아니라 화가들에게 줄 생각을 못 했던 것인가 ······ (생략 - 필자) 옮겨 쓰는 시간 동안 스스로 체험하지 못한 사람이 다시 쓴 작품은 '엄혹한 감동의 폭풍'의 시간에 손으로 쓰면서 얻은 그 모든 매력을 상실해버린다.[29)]

---

29) Хлебников В., Крученых А. "Буква как таковая," *Русский футуризм* (М., 1999) 49.

의사 전달의 주요 매체로서 타이포그래피를 중요하게 생각하는 미래주의자들은 텍스트와 삽화를 손으로 직접 쓰고 그릴 수 있는 석판 인쇄를 주로 사용하였다. 이들은 "모욕을 당하고 머리를 깎인 채 횡으로 늘어선 것이 모두가 하나같이 빛바랜 무채색"인 인쇄 활자를 넘어서 시어의 그래픽적 개성을 되찾아야 한다고 주장하였다. 이를 위해서 이들은 "우리의 자식들(책 - 역주)을 활자공이 아니라 화가에게 맡겨야 한다"[30]고 주장했다. 이러한 목적으로 흘레브니코프는 새로운 직업인 필체 예술가(오늘날 캘리그래퍼)를 만들 것을 제안하기도 했다. 페이지 위에 손으로 쓴 문자는 때로는 시행을 벗어나기도 하면서 글을 쓰는 사람의 감성의 움직임을 포착한다. 단어의 의미와 이에 상응하는 그래픽적 형상은 심리적 상태에 상응하며 심리적 세계의 변화무쌍함과 유동성을 반영한다. 미래주의 책에서 문자는 규정된 의미를 전달하는 초개인적이며 중립적인 성격을 상실한다. 그것은 주관적 제스처이면서 개인적인 필체인 것이다.[31]

또한 활판 인쇄의 경우에도 서로 크기가 다른 폰트를 사용하기도 하고 색채를 달리 사용하기도 하는 등, 활자의 시각성이 강조되었다. 타이포그래피 디자인의 독창적 선구자인 카멘스키는

---

30) Там же.

31) Бобринская Е. *Футуризм* (М., 2000) 174.

강철시멘트 서사시에서 다양한 높이와 모양의 활자들을 자유롭게 사용하여 문법과 구문론을 단어들의 공간적 배열로 대체했다.[32]

'세계에 보내는 최초의 시'라는 부제가 붙은 「콘스탄티노플(КонСТАНТИнополь)」([도판 7])에는 기존의 시적 형식이라고는 조금도 찾아볼 수 없다. 왼편에서 오른편으로도, 위에서 아래로도 읽히지 않는다. 익숙한 공간적 질서 자체가 파괴되고 논리적 인과관계는 무시된다. 수평적으로 배열된 단어들은 극히 소수이며 수직 혹은 사선으로 배열된 개별 단어 기둥이 우세하다. 그러나 이렇게 선적이며 구문론적 요소가 결핍되어 있기 때문에 오히려 독자의 시선은 페이지 위를 자유롭게 부유하며 다양한 방식으로 영감을 받게 된다. 그럼에도 불구하고 다각형의 조각들 가운데 가장 시선을 끄는 것은 위쪽 다각형의 중심이 되는 단어이며 제목인 '콘스탄티노플'이다. 이 지점에 머문 시선은 엄격한 제한 없이 자유롭게 공간을 따라 움직인다. 우리가 읽을 수 있는 것은 КонСТАНТИнополь이라는 단어에서 대문자로 찍힌 Станти 아래에 늘어선 문자 기둥 станти, стани, стаи, ста 등이며 오른쪽 끝부

---

32) 카멘스키의 강철시멘트 서사시는 직접적으로 이탈리아 미래주의자인 마리네티가 제기한 인쇄술을 이용한 유희성을 담고 있다. 특히 마리네티의 <Zang Tumb Tumb>에서 미래주의의 기본 개념인 강함 속도감을 불러일으키는 방식으로 타이포그래피를 사용한 것은 카멘스키의 작품 이해에 유효한 실마리를 제공한다. 이에 대한 보다 자세한 내용은 Harte Tim, "Vasily Kamensky's Tango with Cows: A Modernist Map of Moscow," *The Slavic and East European Journal* Vol. 48, No. 4 (Winter, 2004) 545-566 참조

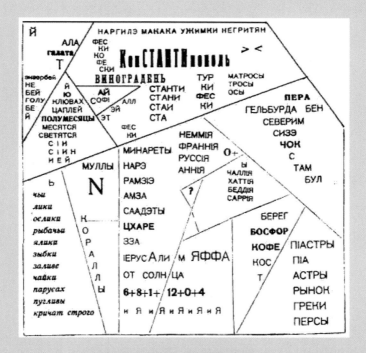

[도판 7] 카멘스키의 시집 『암소와 탱고』 중 「콘스탄티노플」 (1914)

분에 있는 матросы, тросы, осы와 같이 번잡한 항구 도시와 관련된 두 개의 단어와 그 연관성을 추정하기 힘든 마지막 단어이다.

카멘스키는 어느 인터뷰에서 이 시가 콘스탄티노플을 방문했을 때 받은 인상을 묘사한 것이라고 말했다.[33] 1904년 카멘스키는 콘스탄티노플을 처음 방문하였는데 그 도시는 카멘스키의 나이브한 눈에 문화적 체험과 구별되지 않는 일련의 인상들을 남겼다. 카멘스키는 그리스어도 터키어도 알지 못했고 두 언어를 구분할 능력도 없었다. 그 도시의 복합 문화적인 삶은 고유한 소리와 풍경으로 그에게 전해졌으며 그것은 깊이 있는 지식으로 다듬어지지 않은 러시아적 연상 프리즘과 나이브한 위트를 통해 걸러져서 기록되었다. 카멘스키의 텍스트에는 인상주의적으로 파편화된 시각적 이미지가 문장론적(혹은 의미론적) 공백을 대체하고 있음을 알 수 있다. 작가는 발화를 최소화하고 그것을 소리 - 제스처, 소리 - 이미지로 귀착시켜 감각과 경험 자체를 모사하고자 노력하였다.[34]

이상과 같이 미래주의자들은 책의 내용과 형식 등 전통적인 책 개념 자체에 대한 전복적 태도를 과시하였으며 시각성을 중

---

33) Janecek Gerald, *The Look of Russian Literature: Avant-Garde Visual Experiments, 1900~1930* (Princeton: Princeton University Press, 1984) 123-148 참조.

34) 본 시에 대한 해석은 제럴드 야네첵의 연구에 기댄 바가 크다.

심으로 책의 개념적 통일성을 모색하였다. 책을 하나의 유기체, 앙상블로 만드는데 있어서 이전에 간과되었던 시각적 층위들, 즉 표지, 서체, 페이지 디자인, 삽화 등이 미래주의 책에서는 단순히 기능적인 차원을 벗어나 의미 표현에 주도적인 측면을 가지고 있음을 알 수 있다. '예술가는 아담처럼 세계를 새롭게 보고 모든 것에 그 이름을 부여한다'[35]는 크루초니흐의 언급처럼 미래주의자들의 언어적 이미지와 시각적 이미지는 모두 독자의 지각의 평범한 자동성을 파괴하고 독자와 관객 모두에게 지적인 노력과 정서적 분발을 촉구하였다.

---

35) Крученых А. "Декларация слова как такового," *Русский футуризм* 44.

예술의 종합으로서의 책

　미래주의 책 제작 과정에서 화가는 원칙적으로 텍스트의 삽화가가 아니라 실질적인 의미의 '공저자(соавтор)'였다. 이 작업에 참여한 아방가르드 화가들은 작가와 미학적 개념을 공유하고 공유된 미학적 개념을 시각화하였으며 이러한 책을 양자 간의 공동의 노력의 산물로서 인식하였다. 미래주의의 책 속에 일차적 의미에서의 '삽화'라는 말은 존재하지 않는다.[36] 크루초니흐와 브를륙, 마야콥스키, 카멘스키 등 미래주의자들의 책의 각 페이지들은 독창적이며 유일무이한 예술 작품과 같았다.

　주지하는 바와 같이 많은 미래주의 시인들이 자신의 창작 활동을 화가로 시작하였다. 브를륙 형제와 엘레나 구로, 크루초니흐와 마야콥스키가 그러했다. 이들은 상트페테르부르크의 청년연합 출신의 아방가르드 예술가들(필로노프, 쿨빈, 로자노바), 모스크바의 신원시주의 화가들(라리오노프, 곤차로바, 즈다네비치 등)과 빈번히 공동 작업을 진행하였다. 이들은 시 텍스트를 회화적 평면으로 '번역'하는 작업에 있어서 그 특수성을 잘 인지하고 있었으며 따라서 이들의 공조 작업은 보다 원활하게 진행될 수 있었다. 라리오노프와 곤차로바는 크루초니흐와 흘레브니코프 서적의

---

36) 크루초니흐의 시집 『오래된 사랑』에는 '삽화(иллюстрация)' 대신에 '장식(украшение)'이라는 용어로 라리오노프의 역할이 규정되어 있다.

공동 창작자들로서 석판 인쇄물의 시각 콘셉트를 창조하였다.(『오래된 사랑』『포마드』『반(半)송장(Полуживой)』). 1913년부터 크루초니흐와 흘레브니코프의 책의 대다수는 로자노바가 작업하였다. 그녀는 책 예술에서 강한 색을 사용하고, 곤약판 인쇄법이라는 드문 인쇄 기법을 도입하였으며, 리놀륨 컷을 사용하는 등 혁신적인 실험을 감행하였다. 물론 마야콥스키처럼 작가가 화가의 역할을 자임하여 책의 시각적 측면을 모두 담당한 경우도 있었다.

미래주의자들의 책은 공동 작업의 산물로서 유희적 분위기에서 즉흥적으로 제작되고 재빠르게 보급되었다. 크루초니흐와 흘레브니코프의 텍스트, 곤차로바 그림의 『지옥에서의 게임』의 창작 과정은 이들의 공동 창작이 어떤 방식을 이루어지는가를 잘 보여준다. 다비드 브률륙의 소개로 알게 된 크루초니흐가 자신의 시 『지옥에서의 게임』을 흘레브니코프에게 보여주자 흘레브니코프는 곧바로 그의 시 위와 아래, 주변 여백에 자신의 시행을 첨가하였고 이렇게 하여 텍스트가 만들어졌다.[37] 이에 대해 이후 흘레브니코프는 『알료샤 크루초니흐(Алеша Крученых)』(1920)에서 다음과 같이 기록한다.

---

37) 보다 상세한 내용은 Крученых А. "Наш выход." 378-380 참조

지옥에서의 게임과 천국에서의 노동

최초의 수업은 좋기도 했지.

우리가 생쥐처럼

둔탁한 시간을

함께 물어뜯던 것을 기억하는가?

우연과 즉흥으로 만들어진 시 텍스트에 상응하여 화가는 적절한 조형적 이미지, 회화적 메타포를 모색한다.

[도판 8]에서 보듯 지옥에서 악마들과 죄인들이 카드 게임을 하는 내용의 시 텍스트에 곤차로바는 중세 교회 슬라브 문체를 상기시키는 고풍스러운 서체와 옛 정자법을 사용하였다. 정교회 서적에 사용하는 활자체를 패러디하여 도발적으로 작품에 등장시켜 글자체 그 자체가 성물 모독적 성격을 공공연히 드러내고 있다. 여기에 곤차로바 특유의 원시주의적 방식으로 그려진 악마의 세로 전신상이 페이지 한쪽 가장자리에 길게 자리하고 있는데 그 모양이 마치 데이시스 이콘과 닮았으며 그녀의 〈복음 저자〉를 상기시켰다. 이와 같은 성물 모독적 삽화들과 텍스트는 미래주의를 선전하는데 매우 효과적인 전략적 '에파타지(epatage)'가 되었다.[38]

---

38) '에파타지'에 관해서는 본 저서 5장 참조.

[도판 8] 크루초니흐, 흘레브니코프 시집 「지옥에서의 게임」 (곤차로바 그림, 1912)

크루초니흐와 흘레브니코프의 『테 리 레』에서 로자노바는 시적 이미지의 발전을 섬세하게 추구하면서 색채와 말 사이의 내적인, 정서적 상호 작용을 탐색하였다. 이 책에는 시와 언어의 조형적 특징이 특히 중요한 역할을 하였다. 크루초니흐는 이전에 발표되었던 자신과 흘레브니코프의 '초이성어 시'들을 선별하였고 이에 로자노바는 발음되는 말과 색채의 동시적 작용이 시적 이미지를 더욱 풍부하고 깊이 있게 만들어 준다는 점에 주목하여 작업하였다. 말의 조형적인 특성과 시각적 이미지는 말이 일상적으로 담고 있는 구체적인 의미를 잊도록 만들었다. 이제 그림은 시의 테마와 시의 이미지의 연장으로 이해되고 반대로 언어는 그래픽적 구성의 필수적인 일부가 되었다. 그리고 어느 순간 시적인 언어는 그림 속에 완벽히 녹아들어 유일무이한 신비로운 그림처럼 시각적으로 인지되었다. 이때 말은 보는 것이지 읽히는 것이 아니며 따라서 그것은 어휘론적 의미가 아니라 찰라에 인지되는 시각적 의미로 이해되었다. 그 결과 시 자체가 스크랴빈의 색채 음악처럼 시각시로 변형되었다.[39]

러시아 아방가르드 예술가들은 책을 시와 그림, 디자인, 칼리그래피, 인쇄기술 등이 어우러진 종합 예술로 인식하였으며 문학 작품의 창작뿐만 아니라 책의 제작 과정 전체를 창작 행위로

---

39) Evgenii Kovtun, "Experiments in Book Design by Russian Arts," *The Journal of Decorative and Propaganda Arts* Vol.5 (summer 1987) 54.

생각하였다. 미래주의자들은 기존에 작가, 회화가, 인쇄공, 출판업자 등으로 전문화, 개별화되어 있었던 책 제작에서 벗어나 스스로를 위해 온전한 주체로서 책 제작의 전 과정에 개입하였다. 이들은 상징주의자들의 전문성이라는 한계를 뛰어넘어 형태의 시각적 의미화라는 미래주의 미학의 원칙을 새로운 예술 공간, 책에 적용하였다. 그 과정은 화가들과 시인들의 협업의 과정이었으며 진정한 의미의 공동 창작이었다.

문학과 회화, 디자인과 공예를 아우르는 '예술의 종합'의 대표 장르로서 '책'은 상징주의에서 미래주의에 이르기까지 은세기 예술가들을 매혹시켰다. 상징주의자들이었던 예술세계인들은 초월성의 물질적 재현에 대한 믿음 속에 책의 유기적 통일성을 모색하였다. 그러나 이들은 종합 예술 장르로서의 매력을 가진 새로운 예술적 공간으로서 책에 매력을 느꼈지만 '책다움'(bookness) 자체에는 관심을 갖지 않았다. 예술세계인들의 미적으로 세련되고 고급한 취향의 '리브르 다티스트'에 대항하여 미래주의자들은 전통적인 책 개념 자체를 부정하면서 이성과 논리로부터 자유로워질 것을 자신들의 새로운 책을 통해 주장하였다.

미래주의 책의 도발적인 성격, '책다움'에 대한 공공연한 거부, 의도적인 '수공업성'과 퍼포먼스로서의 인쇄 작업 등은 미학적 카테고리를 넘어서는 것이었다. 미래주의의 책은 작가로부터 시작되어 독자로 전달되는 전통적인 일방향적 관계를 무너뜨리고 '올바름'에 대한 의문을 제기하면서 독자로 하여금 전통적으로 지식과 정보의 보고로서의 '책다움'에 회의하도록 만든다. 그 결과 독자는 스스로의 판단에 따라 사고하고 능동적으로 반응할 것을 요구받게 되었다.

미래주의자들은 책의 내용과 형식 등 전통적인 책 개념 자체에 대한 전복적 태도를 과시하였으며 시각성을 중심으로 책의 개념적 통일성을 모색하였다. 미래주의의 작가와 화가는 실질적인 의미의 공저자로서 미학적 개념을 공유하고 공유된 미학적 개념을 시각화하였다. 책은 미래주의의 형식 실험을 위한 완벽한 실험실이 되었다.

그러나 아이러니한 것은 대량 복제되지 않는다는 점에서 미래주의자들의 책은 상징주의자들의 책과 본질적인 의미에서 다르지 않았다는 것이다. 그들은 화려하면서 유미주의적인 책을 거부하였지만 극소량의 발행부수로 출판된 미래주의 책자들은 본질적으로 매우 미학적이었다. 심지어 개별 번호까지 부여된 책자들의 '민주성'을 언급하는 것은 매우 어려운 일이다.

하지만 책의 전통적 형식을 파괴하려는 미래주의자들의 실천은 예기치 않은 결과를 가져왔다. 그것은 수없이 많은 새로운 모티브와 기법들 및 수단을 도입하고 실험했으며 책의 팍투라적 요소들과 가능성을 급격하게 확대하며 후대에 풍부한 경험을 남겨주었다.

참고문헌

임영길, 최창희. 「디지털 시대의 책의 종말과 북아트」, 『기초조형연구』
10권 (2009) 393 - 401.

정준모. 『Art Book Art』 서울: 컬쳐북스, 2003.

최진희. 「민중 판화 루복(Лубок)과 아방가르드 미술」, 『러시아어문학연
구논집』 36집 (2004) 437 - 472.

최진희. 「'예술의 종합'으로서의 공연예술: 〈예술세계(Мир искусства)〉와
발레」, 『Acta Russiana』 제 1호 (2009) 127 - 141.

필립 B. 멕스. 『그래픽디자인의 역사』 황인화 옮김. 서울: 미진사, 2002.

Bowlt John E. *Moscow & Petersburg: Art, Life & Culture of the Russian
Silver Age.* New York: The Venddome Press, 2008.

Harte Tim.. "Vasily Kamensky's Tango with Cows: A Modernist Map of
Moscow." *The Slavic and East European Journal.* Vol. 48,
No. 4. (2004, Winter) 545 - 566.

Janecek Gerald. *The Look of Russian Literature: Avant - Garde Visual
Experiments, 1900~1930.* Prinston: Prinston University Press,
1984.

Kovtun Evgenii. "Experiments in Book Design by Russian Arts." *The

Journal of Decorative and Propaganda Arts. Vol. 5 (1987, summer) 46-59.

Rowell Margrit, Wye Deborah. *The Russian Avant-garde Book 1910-1934.* New York: The Museum of Modern Art, 2002.

Бобринская Е. *Русский авангард: Истоки и метаморфозы.* М., 2003.

Боровков А.И. *Заметки о русском авангарде: Книги, открытки, графика.* М., 2007.

Венуа А. "Художественные призмы. Иконы и новое искусство." *Речь.* С.Петербург, 5 Апр. 1913.

Каменский В. *Его-моя биография великого футуриста.* М., 1918.

Ковтун Е. *Русская футуристическая книга.* М., 1989.

Крученых А., Алягров. "Заумная гнига." http://archives.getty. edu:30008/getty_images/digitalresources/russian_ag/pdfs/ gri_88-B27991.pdf

Кузнецов Э. "Футуристы и книжное искусство." *Поэзия и живопись: Сб. трудов памяти Н.И.Харджиева.* Под ред. М.Б. Мейлаха и Д.В.Сарабьянова. М., 2001.

Немировский Евгений. "Архитектор книги." http://www.sapr.ru/

Article.aspx?id=9164#1

Образ книги в русской графике первой трети XX века. Сост. и

тексты Ю.А.Молок. В.С. Турчин. М., 2003.

Русский футуризм. М., 1999.

5장 삶-창조(жизнетворчество)*

예술을 현실로, 현실을 예술로

러시아 상징주의는 20세기 러시아 문화 전체를 규정짓는 미학적, 철학적, 사회문화적 현상들을 배태하였다. 안드레이 벨리 (1880-1934)의 선언처럼 러시아 상징주의는 인간과 사회 그리고 우주의 총체적 관계성을 지향하는 '세계관으로서의 상징주의'였으며 그것은 언제나 문학을 넘어서고자 하는 러시아 인텔리겐치아의 지적, 정신적 열망의 소산이었다.

'삶 - 창조'는 러시아 상징주의자들이 지향한 '삶(жизнь)'과 '예술 창조(творчество)의 종합을 의미하는 용어이다. 기본적으로 낭만주

---

* 5장은 논문 「러시아 상징주의 문화 유형으로서의 창생(жизнетворчество): 행위 유형과 소통방식을 중심으로」 (2008, 『러시아어문학연구논집』)를 수정, 보완하였다.

의의 산물인 '삶-창조'는 미·철학적 원칙에 따라 자신의 삶을 의식적으로 기획하고 '써나가는' 것으로 낭만주의 이론가들이 즐겨 논한 개념이다.[1] '삶-창조'는 새로운 존재, 새로운 존재론적 현실 그리고 새로운 인간의 창조를 의미하였다. 정신적, 창조적 지향으로서 '삶-창조'는 인간 개성과 자유를 파토스로 하며, 신이 부여하고 인간이 공동으로 만들어낸 세계의 당위성에 대한 회의에서 시작된다. 그것은 현실에 대한 깊은 절망과 혐오의 결과였다. 이들은 신의 창조적 기능을 스스로에게 부여하고 새로운 세계, 또 다른 현실을 만들어내고자 하였다. 도스토옙스키의 주인공의 삶에서 보듯, 수 세대에 걸쳐 '살아있는 사상'은 삶의 전략이 되었다.[2]

낭만주의적 이상주의자였던 12월 당원들의 행위가 그러하며 1860년대의 '새로운 인간(новые люди)'이 그러하다.[3] 이러한 '삶-

---

1) 바인슈테인에 따르면 유럽 낭만주의자들은 실제의 삶을 총체적으로 미화하는 것이야말로 자유로운 창조적 영혼의 결정적인 증거라고 보았으며 이는 낭만주의적 세계관의 핵심적인 원칙들과 밀접한 관련이 있었다. Вайнштейн О.Б. "Жизнетворчество в культуре европейского романтизма," *Вестник РГГУ*, Вып. 2 (М., 1997) 161.

2) 콜레스니코바는 삶과 예술, 객관적 현실과 주관적 관념을 동일시하려는 현상이 사상의 현실화를 '보외법(Экстраполяция)'으로 삼는 러시아적 성찰의 일종이라고 지적한다. 연구자는 아카데믹한 철학적 전통의 부재와 사회사상과 정치학의 혼합으로 인해 철학적 사상은 러시아 인텔리겐치아에게 무조건적인 신념으로 받아들여졌다고 설명하고 있다. Колесникова А.В. "Жизнетворчество как способ бытия русской интеллигенции," http://shkola-mysli.by.ru/04-07.html.

3) 파페르노는 문학 텍스트가 텍스트를 넘어 존재하는 현실 세계와 맺는 관계에 관한 로트만의 '행동 기호학'을 좌표로 하여 체르니솁스키를 분석한다. 그녀의 견해에 따르면, 역사적으로 특정한 문화 그룹에 속하는 사람들의 일상 행위는 동시대의 문학(그리고 예술)에 직접적으로 영향을 받는 문화 코드들의 실현으로 '읽혀지며' 해석된다. 문화적 삶에 참여하는 이들에게

창조'는 철학을 실천으로, 추상적 사상을 삶의 전략으로 변화시키려는 상징주의에 와서 구체적으로 실행되었다.[4]

상징주의자들에게 예술은 '삶의 창조'를 가능하게 하는 힘이면서, '삶의 창조'로 운명 지어진 힘이었다.[5] 상징주의자들은 자신의 삶 자체를 텍스트로 인식하고 이 텍스트의 기획과 실현을 미학적으로 사고하며 행동한 의식적인 예술가들이었다. '삶-창조'는 러시아의 '저주받은 과제'라고 할 수 있는 삶과 예술의 종합에의 열망이 표현된 개념으로서 가능한 것과 불가능한 것, 용인된 것과 금지된 것의 경계를 둘러싼 극단적인 문화 실험이라고 할 수 있다.

(상징주의자들은- 필자) 예술을 현실로, 현실을 예술로 보려고 노력

사건과 상황은 노출된 문학 텍스트들과 이 행위를 코드화시키는 범주들(문학적 캐릭터, 플롯의 흐름, 수사적 관례)에 의해 설명될 수 있다. 파페르노의 연구에 따르면 러시아의 소위 '60세대'에게 농노 해방을 위시한 일련의 사회 개혁은 '삶 전체의 변형'을 위한 길을 열어준 지구적 중요성을 지닌 상징적 사건으로서, 이러한 '삶 전체의 변형'은 국가와 사회의 조직에서부터 형이상학적, 윤리적, 미학적 개념들 및 인간관계의 재배열과 일상적 삶의 관습의 재배열에 이르렀다. 광범위한 삶의 변형은 종국에는 인간 존재의 '변형'과 '새로운 인간'의 탄생으로 이어졌다. Paperno Irina. *Chernyshevsky and the age of Realism. A Study in the Semiotics of Behavior* (Stanford: Stanford University Press, 1988) 1-5 참조.

4) Лотман Ю. "Поэтика бытового поведения в русской культуре XVIII века," *Избранные статьи в трех томах. Т. 1* (Таллин, 1992) 268. 일상 행위를 일련의 기호로 파악하는 로트만의 연구는 상징주의적 '삶-창조'가 세계관을 바탕으로 한 문화적 기획의 산물로서 고찰될 수 있는 가능성을 열어주었다. 다만, 여기서 로트만의 '행위 시학'의 개념이 일상의 기호화, 제례화 일반에 대한 보편 개념이라면, 본 연구에서 상징주의의 '삶-창조'는 행위의 미학적 조직화라는 독특한 상징주의적 문화 현상이라는 점에서 구별된다.

5) Paperno Irina and Grossman Joan Deloney. *Creating Life: The Aesthetic Utopia of Russian Modernism* (Stanford, 1994) 2.

하였다. 삶 속에서 벌어지는 사건들은 결코 그저 단순하게 삶의 사건으로 체험되지 않았다. 이들에게는 리얼리티의 경계선 자체가 불안정하며 명확하지 않기 때문에, 삶의 사건들은 즉각 내면 세계의 일부가, 예술 창작의 일부가 되었다. 한편, 누가 썼던지 간에 쓰인 모든 것은 모든 이들에게(상징주의자들에게 - 필자) 실제 삶의 사건이 되었다. 그 결과 현실과 문학은 모두 공통되는 힘들에 의해서 만들어지게 된다. 두 영역은 공히 이러한 특별한 삶, 이 '상징주의 차원'에 발 딛은 모든 이들을 결합시키는 힘에 의해 창조되었다. 이것은 진정한 집단 창작의 본보기라고 생각된다.[6]

명민한 시인이자 비평가, 문학가였던 호다세비치는 삶과 예술과의 종합을 추구한 상징주의자들의 개인적 삶을 '망가진 삶의 역사'[7]라고 지적한다. 알렉산드르 도브롤류보프의 기행과 죽음, 니나 페트롭스카야와 안드레이 벨리, 발레리 브류소프의 관계, 벨리와 알렉산드르 블록, 그리고 블록의 부인 류보비와의 관계는 이러한 호다세비치의 견해를 입증해 주고 있다. 이들의 사건은 개인적 스캔들이기 이전에 이 시기 사회 문화를 상징하는 문

---

6) Ходасевич В.Ф. "Конец Ренаты," *Некрополь/ Владислав Ходасевич*. Сост., вступ. ст., коммент. Н.А.Богомолова (М., 2006) 17.

7) Там же 15.

화적 현상이었다.

상징주의 미학이 투영된 삶의 전략으로서의 '삶-창조'는 세기의 전환기라는 구체적인 러시아의 현실 속에서 특정한 행위 유형과 소통 양식을 만들어 내었다.[8]

---

8) 예술 외적, 일상적 삶의 전략으로서의 '삶-창조'를 학문적 연구의 대상으로 할 때, '삶-창조'는 행위의 미학적 조직화이자 개인적 삶을 미학적으로 구조화하는 노력이며 스스로를 자기 삶의 내러티브의 작가이자 주인공으로 선택한 양식화를 의미한다. 행위 유형과 소통 방식으로서의 '삶-창조'라는 개념을 고찰함에 있어 로트만의 행위 시학과 더불어 Г.비노쿠르의 '양식화', S.그린블래트의 '자기 형성(self-fashioning), 바인슈테인의 '자기 모델링'은 유용한 연구 방법론을 제공한다. Винокур, Г. Биография и культура. Русское сценическое произношение (М., 1997); Greenblatt, S. *Renaissance Self-Fashioning: From More to Shakespeare* (London & Chicago, 1980); Вайнштейн 참조.

주변성(Маргинальность)

   모더니즘은 자연(실증주의적, 과학적 개념)에 대한 강력한 불신 속에 '자연사적' 과정이 인정하는 삶의 가치와 유효성에 의문을 제기하였다. 이러한 태도는 현실이 실제로는 고의적인 창조 행위의 대상이라는 인식으로 이어졌다.[9] 세기말에 대한 위기 의식과 새로운 시대에 대한 희망이 결합된 복합적 심리 상황 속에서 평범한 일상, 인간 관계 및 예술적 행위는 전략적으로 사고되고 기획되기에 이른다.

   '주변성'이란 사회 전체가 사회학적으로 경제적으로 재구조화되는 과정에서 기존의 사회 문화적 전통과 가치를 거부하는 인간 혹은 그룹의 상황을 의미한다.[10] 이와 같은 상황에서 놓인 인간 혹은 일단의 그룹은 자신만의 새로운 세계를 건설하기 위해

---

9) Paperno and Grossman 4.

10) 일반적으로 주변성 이론은 페미니즘이론, 디아스포라론, 포스트식민주의론 등과 연계하여 20세기 후반 이후의 사회정치적, 경제적 현상들의 연구에 적용된다. 주로 타(他) 문화 공간에 흡수되는 과정에서 발생하는 언어적 문제로 인해 개인이 겪는 정체성의 혼란 등이 연구 대상이다. 본 연구의 '주변성'의 문제는 타(他) 민족, 타(他) 문화와의 접촉에서 발생한 것은 아니라는 점에서 일반적 주변성 연구와는 차이가 있음을 밝혀둔다. 19세기에서 20세기로의 전환기에 벌어진 러시아의 문화와 정신 및 가치의 위기 속에 개인과 사회 정체성의 재정립이라는 측면에서 주변성 이론을 참조할 수 있다고 생각된다. 참조: Костина, И.Н. *Феномен маргинальной личности в культуре турецкой диаспоры Германии (на материале литературного творчества)*. Автореферат дисс. на соиск. учен. ст. канд. культурологии. (Чита, 2007)

혁신적인 행동을 하는 '핵심적 인간(ключевая личность)'이 된다.[11]

러시아 상징주의자들은 19세기에서 20세기로의 전환 시기에 러시아의 고전적 가치와 인식 및 윤리의 경계 지대에서 자신들만의 고유한 문화적 정체성을 찾고자 했던 혁신가였다. 지난 시기 러시아 사회 문화를 지배하였던 실증주의, 인민주의, 경험주의는 비판의 대상이 되었고, 가부장 사회의 권위의 핵심인 황제는 '아버지'로서의 위상을 의심받는 상황에 처했으며, 기술의 진보는 정신의 진보를 가져오지 않는다는 생각이 확산되었다. 가치와 규범의 불확정성은 이 시기 지식인들, 특히 상징주의자들의 공통된 인식이었다.[12]

상징주의자들에게 있어서 주변성이 갖는 인식론적 특징은 이것이 새로운 미학적 감성과 직결되어 있다는 것이다. 새로운 미학적 감성은 전통적 미의식, 윤리적 금기, 관례에 대한 도전을 의미했다. 고전적으로 러시아인들에게 아름다움은 정합성(진리), 덕성(선)과 같은 개념과 관련되어 있다. 도스토옙스키는 아름다움을 정교적인 성(聖)의 개념과 결부시키며 미의 종교성을 강조하였고, 톨스토이는 미(美)를 선(добродетель)의 일종으로 보았다.

---

11) '열쇠인간(key-personality)'은 스톤퀘스트(E.V.Stonequist)가 *The Marginal Man. A Study of Personality and Cultural Conflict* (1961)에서 '주변인(marginal man)'을 규정하면서 사용한 용어이다. Костина 10에서 재인용.

12) Долгополов, Л. *На рубеже веков. О русской литературе конца XIX - начала XX века* (Л., 1977) 6-7 참조.

그러나 만일 아름다움이 동시에 선한 것, 도덕적인 것이라면 윤리학과 미학 중 어느 것을 제 1의 자리에 놓는다고 하여도 큰 문제가 없을 것이다. 일반적으로 상징주의 이전까지 이 두 가지의 개념은 서로 모순되지 않는 상호 교환 가능한 개념으로 생각되었다. 그러나 상징주의에 이르면 아름다움에 대한 개념이 바뀌게 된다. 그들은 아름다움을 진리와 선과 구분되는 독자적인 것으로 볼 뿐 아니라 그 이상의 가치를 가진다고 생각했다. 이들에게는 전통적인 미의 규범 즉, 조화, 균형, 분명함, 단순함, 합목적성 등도 중요하게 여겨지지 않았다. 이들의 미적 감성이 더욱 도전적인 것은 그것이 주관주의를 바탕으로 하기 때문이다. 미적 가치 평가에 있어서 가장 중요한 것은 예술가 개인의 주관성이며 그것은 훼손불가한 절대의 영역이 되었다. 그 결과 주관적인 미적 감성으로 구축된 주변성은 일반적 상식과 규범의 과감한 파괴로 나타났다.

상징주의자들에게 아름다움은 자연적인 것이 아니라 '인위적인 것(искусственность)'이다.[13] 이들에게 아름답다고 인지되는 것은

---

13) 상징주의자들의 범미학주의에 대해서는 Минц З.Г. "Блок и символизм," *Александр Блок. Новые материалы и исследования. Литературное наследство. Т. 92* (М., 1980) 98-172 참조. 현실에 대한 이들의 미학적 태도는 윤리적인 혹은 논리적인 삶의 규범들을 거부하거나 혹은 부차적인 것으로 만들었다. 문화학자 콘다코프에 따르면 상징주의자들의 범미학주의는 19세기 후반에 러시아 인텔리겐치아, 특히 급진적인 인텔리겐치아들의 문화 관습에서 삭제된 미학적, 종교적, 철학적, 지적 이상과 가치들을 부활시키기 위한 노력이었다. Кондаков И.В. *Культурология: история культуры России* (М., 2003) 193.

모두가 인정하는 실용적이거나 유용한 것이 될 수 없다. 미학적으로 '아름답기' 위해서는 초자연적이어야 할 뿐 아니라 일상의 틀에서 벗어나 '초' 실재적이 될 필요가 있었다. 상징주의자들의 세련된 기호는 단순하고 분명한 이미지들을 관찰하는 것만으로는 만족될 수 없었다.

이들의 '초-(сверх-)'의 개념은 몸을 통해 이루어졌다. 몸은 그 본성상 자연적이다. 따라서 자연으로서의 몸을 통해 그러나 이를 뛰어넘는 초감각의 경험을 위해 일단의 상징주의자들은 여러 방법을 사용하였다. 그 가운데 특히 마약성 물질(도브롤류보프의 '도시의 모든 마약 맛보기')이 애용되었다. 상징주의자들에게 마약은 쾌락의 수단이라기보다는 일반적 조건에서는 경험할 수 없는 새로운 몸의 변화를 느끼게 해주는 수단이었다. 그들은 마약이 일깨우는 감각과 직관, 육체적 경험과 정신의 각성이 교차되는 상황에 주목하였다. 중요한 것은 이들이 지극히 이성적인 태도로 변화되는 탈 육체적, 초이성적 경험을 주시한다는 것이다.[14] 역설적으로 보이지만 이들이 추구하는 신비주의의 핵심은 이성적 태도의 산물이었다.

상징주의자들의 주변성이 동시대 가치 기준과 사회 규범에 가

---

14) 도브롤류보프는 자신의 일기 속에 약물에 의한 각성 상태에서 경험한 또 다른 현실을 기록하고 있다. 그는 자연을 마치 살아있는 생물처럼 인식하고 나무와 대화를 나누기도 한다. Добролюбов А. "Записная книжка. 1890-е годы," *НИО рукописей РГБ. Ф.386(Брюсов В.Я.),* к.128, ув. чз. 17. Л.7 об.

장 첨예하게 대립한 문제는 성(性)의 문제였다. 상징주의자들에게 성은 인간의 본질로서 '성의 변형(преображение пола)'은 인간 변형을 의미했다. 이들에게 성은 세계의 이원성을 극복하고 본래의 근원적 통일성을 실현시킬 수 있는 길이었다.[15] 따라서 성의 이원성 극복을 위해 '성의 변형'은 필연적이며 이들에게 이 문제는 양성성(андрогинизм)의 문제로 귀결되었다.[16] 남성과 여성이라는 이원성을 해결하고 그것을 통합하는 문제는 상징주의자들에게 세계와 인간의 합일을 이룰 수 있는 이상적 모델로서 사고되었다.[17] 다시 말하면 세계의 근본적인 이원성의 극복이라는 의미에서 이해되었던 양성성의 문제는 영혼과 육체의 통합과 동일한 맥락에서 이해되었다. 일단의 상징주의자들에게는 성의 양성적 변화를 이루는 것이 세계의 이원성과 그로 인한 불안정성을 극복할 수 있는 '삶 - 창조'의 방법론으로 받아들여졌으며 이는 현실 속에서 실현되어야 하는 삶의 문제가 되었다. 지나이다 기피우스(1869-1945)는 이 문제를 가장 첨예하게 인지한 예술가였다.

---

15) 한편으로 상징주의자들의 '성' 담론은 종족 보존 본능이라는 이름으로 인간의 자유를 억압하려는 사회적 관습과 고정 관념에 대한 거부를 분명히 하였다.

16) "우리는 태생적 성이 전 세계적으로 흔들리는 시대를 살고 있다. '자연적인,' 태생적 성으로부터의 일탈이 이처럼 확산된 시기가 없었다. '자연스러움', 남성과 여성의 확고한 경계는 희미해지고 뒤섞여버렸다. 성의 '왜곡'은 세련되어지고 심화되었다." Бердяев Н.А. "Смысл творчества," *Философия свободы. Смысл творчества* (М., 1989) 415.

17) Едошина И.А. *Художественное сознание модернизма: истоки и мифологемы* (Кострома-Москва, 2002) 238.

기피우스 연구자인 프레스토에 따르면 기피우스의 양성주의
는 20세기 초 러시아 대중 언론과 문단(文壇)이 선전한 '여류시인
(поэтесса)' 혹은 '여류작가(писательница)'에 대한 편견과 고정관념에
반기를 들고 성을 초월하여 시인 그 자체, 혹은 예술가 그 자체
로서 스스로를 '만들어내려는(fashioning)' 증표였다.[18]

기피우스는 자신의 시에서 성(性)이 드러나는 서명인 Зинаида
Гиппиус, 혹은 드미트리 메레지콥스키의 아내를 표현하는
Зинаида Мережковская가 아니라 성별을 알 수 없는 З.Н.Гиппиус
를 사용하였다.[19] 기피우스는 '여성으로서가 아니라 인간으로서'
글을 쓴다는 점을 의미있게 생각했다.[20]

레온 박스트의 그림 〈기피우스의 초상(Портрет З.Н.Гиппиус)〉([도판 1])
은 보는 이들을 어리둥절하게 만든다. 그림 속 의자에 비스듬히
앉아있는, 긴 다리가 매우 돋보이는 아름다운 사람은 기피우스

---

18) Presto, Jenifer. "The Fashioning of Zinaida Gippius," *The Slavic and East European Journal*
Vol.41. N. 1(Spring, 1998) 58.

19) 비록 기피우스가 성별을 알 수 없는 서명을 자신의 시집에 사용하였지만 그녀도 때로는 성별
을 알려 주는 서명(З.Н.Гиппиус-Мережковская)을 사용했다. 이것이 그녀의 선택인지 혹은
편집자의 의도인지는 분명하지는 않다. 그녀는 때로 성별이 드러나지 않는 서명 자체도 사용
하지 않고 안톤 크라니(Антон Краний)라는 남성 필명을 사용하기도 했다. Pachmuss Temira.
Intellect and Ideas in Action: Selected Correspondence of Zinaida Hippius (Munich, 1972) 484.

20) 프레스토의 연구에 따르면 나데지다 테피, 기피우스와 같은 여성 작가들에 대해 동시대의 평
론가들은 '감정', '수동성', '변덕'과 같은 스테레오 타입의 용어를 사용하며 그들의 창조적 재
능을 폄하고 성적으로 대상화하였다. 동시대 문단의 편견을 예견한 기피우스는 자신의 성
을 기입하지 않았을 뿐 아니라 여성들의 시 낭독회와 같은 모임에도 참가하지 않았다. Presto
60-61.

[도판 1] 〈기피우스의 초상〉(박스트, 1905)

란 인물을 모르는 사람에게는 남자로 보였을 것이다. 단발의 고수머리에 귀족적 의상을 갖추어 입고 목부분의 흰색 레이스가 인물의 연극적인 창백함을 강조하고 있지만 어디에도 이 사람이 여성이라는 것을 알 수 있는 표식은 없다. 심지어 작품의 제목도 성별을 알 수 없는 З.Н.Гиппиус로 되어 있다. 마치 무대 위의 배우처럼 짙은 화장을 한 기피우스의 모습은 일종의 마스크였다. 성 의식과 성 관념에 대한 응전으로서 자신의 정체성을 주변성의 문제로 제기한 기피우스의 행동은 분명 동시대인들로부터 경악과 놀라움의 대상이었다.

이와는 반대로 망명한 이후 기피우스는 과도한 여성적 의상과 헤어스타일을 과시하며 망명 작가들(세르게이 마콥스키, 블라디미르 졸로빈, 이리나 오도옙체바 등) 사이에서 논란을 불러 일으켰다. 기피우스의 스타일은 '고상한 취향'의 경계를 뛰어넘을 뿐 아니라 여성성의 개념 자체를 패러디한 것으로 이해된다. 의도적으로 도발적이며, 연극적으로 과장된 여성 패션을 보여줌으로써 스스로 여류 시인에 대한 고정 관념을 희화화하는 캐리커처를 자처하였다. 같은 망명 작가인 게오르기 아다모비치는 기피우스가 동시대 문화 속의 지배적인 여성성에 대한 도전으로서 '자신을 실험(выдумать себя)'하고 있다고 언급하기도 했다.[21]

---

21) Presto 59에서 재인용.

그러나 앞서 언급한 것처럼 양성성은 성(性)적 인습과 편견에 대한 사회적인 저항만이 아니라 상징주의 사상의 본원적 지향과 직접적인 관련이 있다. 기피우스는 인간 본성의 변화의 방법과 현실적인 조건을 고민하면서 인간의 물리적 본성 자체는 변화시키지 않으면서 양성적 이상을 실현하는데 주의를 기울였다. 치스토바에 따르면 기피우스에게 양성성의 문제는 종교철학적 비전과 밀접한 연관이 있다. 기존의 기독교를 거부하고 영혼과 육체를 화해시키는 새로운 교리인 '제 3 성서(Третий Завет)'를 실천하는 것은 기피우스에게 필연적으로 양성성의 실현으로 이어졌다. 진정한 기독교를 세우기 위해서는 성 삼위(Святая Троица)의 모범을 따른 남성과 여성의 단일체가 모색되어야 했다. 이 과정에서 양성성의 문제는 기피우스의 실제 삶 속에서 구체화되어야만 하는 삶의 방식으로 전환되었다.[22]

19세기 말 러시아 지식인 사회를 잠식한 총체적 위기 의식 속에 정신적, 심리적, 가치적 규범에 대한 도전은 인간의 의식과 행위의 허용가능성을 점차 확대해 나갔다.

주변성과 관련된 상징주의자들의 삶의 실험에서 알 수 있는 사실은 상징주의자들의 행동 방식이 매우 전략적이었다는 점이

---

22) 치스토바에 의하면 기피우스와 메레지콥스키 그리고 필로소포프의 3자 결합도 이들의 종교철학적 관점에서 이해될 수 있다. Чистова М.В. *Концепт андрогина в жизнетворчестве З.Н.Гиппиус*. Дисс. канд. культурологии (Кострома, 2004) 111-115 참조.

다. 상징주의자들은 지난 시대의 이성 중심주의와 경험주의에 대해 공공연한 적대감을 피력하였지만 그들의 행동방식은 오히려 '차가운 감성'을 통해 구축되었다고 할 수 있다. 기피우스와 도브롤류보프의 경우에서 볼 수 있듯이 이들의 인식과 행동은 매우 분석적(계산적)이었으며 때로는 과학적이기까지 하였다. 자신의 감정과 욕망의 사소한 변이도 놓치지 않고 관찰과 분석의 대상으로 삼았다는 점에서 상징주의자들의 삶의 태도는 오히려 실증적이며 경험주의적이었다.

상징주의자들의 미학 중심주의, 탈(脫) 윤리주의, 개방적인 성
관념 등은 이들로 하여금 가치 파괴적, 일탈적, 혹은 비도덕적이
라는 비난을 받게 만들었다.[23] 전기 상징주의자들을 특히 '데카
당'이라고 부르는 것은 이 때문이다. 상징주의자들은 문화적으
로 인정된, 자연적 형식의 인간적 접촉을 벗어나려고 애썼다.[24]
그들은 자신이 타인과 '다름'을 첨예하게 느꼈을 뿐 아니라 대부
분의 경우 자기 자신에 빠져 있었으며 타인을 자의식을 가진
주체로 생각하지 못하였다.[25] 그들은 타인을 이용하거나 타인을
통해 무언가를 취하고자 하지 않았다. 그들은 타인 속에 목적을

---

23) 동시대인이었던 부닌은 상징주의자들의 미학을 바판함과 동시에 이들의 삶의 태도의 '비윤
리성'을 지적하였다. "깊이와 진지함, 단순함과 직접성과 같은 고결한 러시아 문학의 특징
이 사라졌다. …… 조야함과 잔꾀, 허세, 점잔빼기, 조악한 톤이 파도를 친다, (.....) 우리의 거
의 모든 우상들은 스캔들에서 출세를 시작한 것 같다. <러시아 통보>는 문학에서 윤리적 요
소를 완전히 배제하고 모든 것을 허용하는 완벽한 방종을 선전하는 흐름에 대해 반대한다."
Мальцев Юрий *Иван Бунин 1870-1953* (Посев, 1994) 150 에서 재인용.

24) 마콥스키의 회상에 따르면 기피우스는 "모든 면에서 '모든 사람과 달랐다.' 일반적으로 인정
된 개념들과 타협하지 않았고, 모든 사물에 대해 자기 확신에 찬 공공연한 발언을 멈추지 않
았으며, '뒤집힌' 견해들로 사람들을 놀라게 만드는 것을 즐겼다." Маковский С. *Портреты
современников. На Парнасе Серебряного века. Художественная критика. Стихи.*
Сост., подготовка текста и коммент. Е.Г.Домогацкой, Ю.Н.Симоненко; Послесловие
Е.Г.Домогоцкой (М., 2000) 326-327. 앞장에서 언급한 기피우스의 여성성과 남성성의 마스
크들은 모두 특정한 행위 유형으로서의 에파타지라는 차원에서 이해될 수 있다.

25) 브류소프가 발몬트에게 보내는 편지의 내용이다. "우리는 한 가지 계율과 한 가지 죄악을 알
고 있다. 그 계율은 자신에 대한 사랑이요, 그 죄악은 자신을 거부하는 것이다." Бычкова А.
Жизнетворчество как феномен культуры декаданса на рубеже XIX - XX веков. Дисс.
на соиск. учен. ст. канд. культурологии. (М., 2001) 66에서 재인용.

발견할 수 없었다. 왜냐하면 이들은 타자의 실재성 혹은 진정성에 대한 이해가 매우 취약하였기 때문이다. 브이치코바는 1세대 상징주의자들이 세계를 경험으로 인지하는데 있어 그 경험 안에 모든 것은 감정을 불러일으키는 역할을 하거나 사고를 추동하기 위한 동기일 뿐이라고 지적하였다. 정신적인 모든 움직임의 지향점은 자기 자신이며 따라서 이들에게는 일반적 의미의 소통의 터널은 완전히 붕괴되어있다.[26] 일반적 형태의 상호적인 '자연적' 소통을 대체 한 것이 에파타지이다.

사회적 규범, 법칙의 파괴를 뜻하는 프랑스어 epatage, epatater에서 나온 에파타지는 사회 일반의 삶을 파괴할 목적을 가진 반사회적 행위와 달리, 불분명한 상황이나 불안정한 상황에서 벗어나는 수단이며 정체성의 새로운 경험 수단이다.[27] 반사회적 행위(выходка)는 일반적인 행동 양식(поведение)의 틀 안에 수용될 수 없는 예외적인 것이다. 반사회적 행위는 일회적인 시위이지만 행동 양식은 스스로에 대한 표명이면서 주변 환경에 대한 반응의 체계이다. 따라서 행동 양식은 '반사회적 행동'의 연속으로 고찰될 수 없다. 행동 양식은 반드시 특정 세계관을 기반으로 한다. 때로는 자신의 내적인 규율에 따라서 행동하는

---

26) Бычкова 68.

27) Ионин Л.Г. *Социология культуры* (М., 1996) 216-217.

것이 일반적 규범에 맞지 않을 수 있으며 그 결과 사회적으로 충격을 발생시킬 수 있다. 에파타지는 의도된 것일 수도 있고 그렇지 않은 것일 수도 있다는 것이다. 상징주의자들에게 에파타지는 우연한 행위가 아니었다. 상징주의자들은 사적인 모든 규범을 파괴하고자 하는 열망을 가지고 있었으며, 기존의 스테레오 타입과 자신의 내적 의식이 일치하지 않는 상황에서 일반적으로 인정되는 원칙과 관습들을 파괴하는 방향으로 나아갔다. 보브린스카야는 에파타지를 예술적 행위의 특정한 '장르'라고까지 규정하고 있다.[28]

이오닌(Л.Ионин)은 〈문화 사회학(Социология культуры)〉에서 에파타지를 행위 코드를 습득하는 수단이며 언어적 능력을 향상시키고 선택된 문화 형식의 표현이 가능한 공간을 확보하는 수단이라고 정의했다.[29] 에파타지를 소통 방식으로 이해할 때 전제되어야 할 것은 정보의 전달이라는 의미에서 에파타지가 그 도발적 성격으로 인해 반응자(청자, 독자, 관객)에게서 높은 관심을 불러일으

---

28) 보브린스카야는 아방가르드와 데카당의 행동 방식이 유사하다고 설명하면서 이들에게 '부르주아를 겨냥한 에파타지'는 새로운 예술적 표명 방식으로서의 '스캔들'이라고 규정하였다. Бобринская, Е. *Русский авангард: истоки и метаморфозы* (М., 2003) 13. 실제로 러시아 아방가르드 예술가들, 특히 나탈리아 곤차로바, 미하일 라리오노프, 바실리 카멘스키, 블라디미르 마야콥스키가 행한 일련의 현란한 퍼포먼스(노란색 외투에 분홍색 겉옷을 입고 페이스페인팅을 하고 단추 구멍에는 당근을 꼽는 등의 행위들)는 집단적이며 조직적으로 행해진 공동 에파타지라고 할 수 있다. 행위 시학의 측면에서 상징주의와 아방가르드의 연관성에 대한 보다 심층적인 연구는 앞으로의 과제로 남아있다.

29) Ионин 216-217.

키는데 매우 효과적인 수단이라는 사실이다.

이러한 측면에서 이 시기에 에파타지를 가장 의식적으로 일관되게 행한 인물이 알렉산드르 도브롤류보프(1876-1945)였다. 도브롤류보프의 도발적인 행동은 동시대인들에게 깊은 인상을 남겨주었다. 기피우스의 증언에 따르면 도브롤류보프는 "검정색 벽지로 도배된 벽에 천장은 회색 페인트로 칠해진 판텔레이모노프스카야에 있는 좁다란 방에서 자신의 신념에 따라 아편과 헤쉬쉬를 피웠다. 그는 몸을 사리지 않았다."[30]

일부러 어법에 맞지 않는 말을 하는 등 도브롤류보프는 일반적 소통에 있어서도 이해하기 힘든 기이한 방식을 사용하였다.[31] 도브롤류보프의 자기 표현의 방식으로서의 에파타지 뒤에는 '나름의' 소통 열망도 발견된다. 도브롤류보프는 '내게는 쓰인 모든 것이 사상이다. 사상이란 교환, 유희, 소통을 필요로 한다.'고 언급하였다. 하지만 소통의 필요성을 언급했다는 것이 그가 진정한 소통의 가능성을 현실에서 찾고 있다는 것은 아니다. 결국 그는 문학을 버리고 속세를 떠나 러시아 전역을 떠돌며 신을 따르는 '유로지비(юродивый)[32]'가 되었다.

---

30) Гиппиус В. "Александр Добролюбов," *Русская литература XX в. 1890-1910.* Под ред. Проф. С.А.Венгерова. (М., 1914) 288

31) 도브롤류보프의 절친한 친구인 기피우스는 그가 "일부러 엉터리로 이야기한다."고 증언하였다. Гиппиус 280.

32) 성 바보(Holy Fool)로 번역되는 유로지비는 러시아 전역을 순례하며 사람들로부터 의도적으

사회, 문화적 전환기에 벌어진 익숙한 세계상의 붕괴로 인해 개인적 차원에서도 집단의 차원에서도 새로운 정체성을 확립해야 할 필요성이 생겨났다. 이러한 변화는 창조적 개인들의 그룹화로 이어졌으며 이들만의 독창적인 집단적 행동 양식은 동시대인들에게 충격적인 에파타지로 받아들여졌다. 상징주의자들에게 집단적 에파타지는 일종의 '유희'이자 '연극'이었다. 실제로 에파타지는 연극성과 매우 밀접한 관련이 있다. 이 시기 예술 생활에서 유희와 연극성은 예술 문화의 스타일만이 아니라 삶의 스타일이었다.[33]

이와 관련하여 뱌체슬라프 이바노프(1866-1949)의 '바시냐(Башня)'는 매우 흥미로운 문화적 현상이다. 이바노프의 '바시냐'는 페테르부르크의 정신적, 지적 삶의 중심이었던 이바노프의 아파트에서 열린 회합을 말한다.[34] '바시냐'는 종교, 문학, 정치, 신령학과

로 모욕과 조롱을 자처하는 광인의 행동을 통해 자신의 신심을 증거하는 구도자를 말한다.

33) 20세기 초 예술가의 행위의 유희성에 대한 스테르닌의 언급처럼 '유희성'은 넓은 의미로 볼 때 〈예술 세계〉에서 혁명 전 10여 년 간 페테르부르크-페트로그라드 '좌익'에 이르기까지 20세기 초 러시아 예술의 창작과 미학의 본질적인 특질이라고 할 것이다. Стернин Г.Ю. *Русская художественная культура второй половины XIX-начала XX века. Исследование. Очерки* (М., 1984) 118. 은세기 문화와 유희성에 대해서는 Вислова А. "На грани игры и жизни(игра и театральность в художественной жизни России серебряного века)," *Метаморфозы артистизма. Проблема артистизма в русской культуре первой трети XX века. Сборник статей.* Сост. В.К. Контор (М., 1997) 56-70 참조.

34) 페테르부르크의 타브리체스키야 거리 25번지, 7층에 위치한 이바노프의 아파트에서 1905년 가을부터 잘 알려진 '바시냐'(종루를 뜻하는 러시아어로 이바노프 부부의 아파트를 말한다)가 열렸다. 자정 무렵 '바시냐'에는 학자들, 시인들, 작가들, 혁명가들, 배우들, 화가들, 신부들과 같이 다양한 사람들이 집결하였다. 이 시기 러시아의 거의 모든 문화 엘리트들, 메레지콥스키, 블

[도판 2] 뱌체슬라프 이바노프의 '바시냐'(상트페테르부르크)

같은 다양한 주제에 대한 논문들을 읽는 것으로 시작되었다. 작가들이 작품을 낭독하면 참석자들은 토론하고 논쟁을 벌였다. 1905년 러시아를 뒤흔드는 혁명적 분위기가 일시적으로 '바시냐' 사람들의 관심을 끌기도 했지만 이들이 벌이는 논쟁은 주로 형이상학적이며 아카데믹한 것들이었다. '바시냐' 회합의 특이한 점은 이 회합이 플라톤의 '향연'의 형태로 진행되었다는 것이다. 보통 늦은 저녁 공동 식사 후에 시작되었는데 모임의 참여자들은 아폴론 신에 대한 찬가를 부르며 포도주를 차례로 마신 후 공동 대화를 시작한다. 고대 '향연'의 특징인 자유로운 즉흥적 행위가 이 회합을 지배하였다.[35] 그러나 '바시냐' 모임이 누구나 참여할 수 있는 공공의 성격을 가지고 있었기 때문에 바시냐의 주인인 뱌체슬라프 이바노프와 그 부인 안니발은 '바시냐' 회원 가운데서 소수의 선택받은 회원들만의 별도 모임인 '가피즈의 밤(Вечера Гафиза)',[36]을 열었다. 이바노프는 다음과 같이 말한다.

록, 벨리, 솔로구프, 출코프, 루나차르스키, 메이예르홀드, 도부진스키, 볼로신, 아흐마토바, 브류소프 등이 이 모임에 참여하였다.

35) '바시냐'의 회합의 진행에 대한 자세한 내용은 Шишкин А. "Симпосион на петербургской башне в 1905-1906 гг," *Русские пиры. Альманах <<Канун>>*. Вып. 3. (М., 1998) 273-352 참조.

36) 가피즈(Гафиз)는 코란을 암송하는 사람을 말한다. 가피즈에 대해서는 "Вечера Гафиза," http://silverages.narod.ru/obed/vech_gafiz.html ; Богомолов, Н. А. *Михаил Кузмин: Статьи и материалы* (М., 1995) 참조.

가피즈는 완벽하게 예술이 되어야 한다. 모든 연회는 사전에 계획되고 연구된 프로그램에 따라서 진행되어야 한다. 친구들과의 자유로운 대화는 프로그램에 따라 정기적으로 제어되고 공동체 전체를 위한 논의에 집중될 것이다. 그것은 시, 노래, 음악, 춤, 동화, 논쟁을 위한 테제가 될 것이다. 그리고 집단행동들. 연회 기획자는 반드시 공동 행위를 고안해내야 한다.

여기서 언급된 공동 행위의 내용은 이 모임의 제의적 형식을 말해준다. 이들은 의상에서 화장, 제스처에 이르기까지 모든 행위를 제의적 성격에 따라 조직하였다. 심지어 이 회합에서만 사용하는 별칭이 따로 있었다.[37] 극히 선별된 문화 예술계의 엘리트로 구성된 '가피즈'는 이바노프의 '디오니소스적 축제'를 모방하고 있었다. 밖의 공간과 분리된 초월적, 제의적 공간으로서의 '가피즈'는 일상적 현실, 현실의 규범과의 '다름'을 드러내는 특정한 문화 공간이었다. 이들의 집단적 행동방식은 동시대에 갖가지 소문과 풍문을 만들어냈으며 '검은 미사(черная месса)'라는 비

---

37) 이바노프는 Гипирион 혹은 Эль-Руми, 지노비예바 안니발 -Диотима, 베르댜예프 -Соломон, 쿠즈민 -Антиной 혹은 Харикл, 소모프 - Аладин, 누벨 - Петроний, Корсари 혹은 Renoubeau, 박스트 - Апеллес, 고로데츠키 - Зэйн 혹은 Гермес 등. http://silverages. narod.ru/obed/vech_gafiz.html. 보고몰로프는 이바노프의 '바시냐'가 혁명적으로 정향된 예술과 세태 비평적 성격이었던 것과 달리 가피즈는 '바시냐'의 대척점에 있다고 지적하고 있다. '가피즈의 밤'은 주변 현실과의 완전한 절연 상태에 있는 '순수 예술'이 지배적이었다는 것이다. Богомолов 110.

판을 받기도 했다.[38]

문학에서 철학, 신비학, 신령학, 종교, 사회 문제에 이르기까지 가능한 모든 주제들이 토론되었지만 베르댜예프가 증언하고 있듯이 참가자들은 그 시기 어떠한 사회 단체와도 직접적으로 관련이 없었다.[39] 이들은 보헤미안적 삶의 형태를 숭배하였으며 외부적 세계와 독립하여 그들만의 이상적인 마이크로 사회를 '연출'한 것이다.[40]

상징주의자들에게 '에파타지'는 상호적인 사회적 소통을 지향하지 않았으며 이러한 이유로 그것은 유희적인 '기행'과 '파행'이라는 '자위적' 소통 행위라 할 것이다. 이들에게는 자신들만의 세계를 정립하는 것, 자신들의 개인적, 집단적 행동 양식을 만들어내는 것이야말로 바로 외부 세계의 변화의 흐름 안에서 자신들의 정체성을 지키는 방식이었다.

---

38) Бердяев, Н. *Собрание сочинений. 1. Самопознание(опыт философской автобиографии)* (Paris, 1983) 179.

39) "'바시냐'에서 재능 있는 문화 엘리트들이 세련된 대화를 나눌 때 아래층에서는 혁명이 들끓고 있었다." Там же 178-179 참조.

40) 베르댜예프는 이바노프에 대해 "모든 것이 그의 안에서 유희하고 있다. 그는 모든 것으로 유희를 벌인다."라고 진술하였다. "그 속에는 과정이란 없다. 그는 삶의 과정에 참여하지 않는다. 이바노프는 일차적인 현실이 아니라 이차적인 문예학적 실재 속에 살고 있으며 그곳에서는 모든 것이 그에게 문을 열어 준다... 초인문학자(сверхфилолог)에게 존재론은 순전히 이데올로기적인 외피이며 언어유희인 것이다... 그는 '무엇'이 아니라 '어떻게'가 중요하다고 말하길 즐겼다. 이것은 디오니소스주의의 법령인 것이다. 중요한 것은 잘 알려진 상황, 예를 들어 황홀경이지 존재론적인 '무엇'이 아니다." Бердяев, *Смысл творчества*, 398. 390.

자기신화화

상징주의자들은 일상적인 자기만의 표현 형식이나 개인적인 생각, 감각, 사상을 전달하는 고유한 '외적' 표현 언어를 만들어 내는데 지대한 관심을 가졌다. 자신의 몸, 자신의 개성, 타인이 보는 자신의 이미지가 자기 고찰의 주요한 대상이었다. 상징주의자들은 그들의 내부 세계가 주위 사람들의 관심이나 욕구와 다르다는 것만으로는 만족할 수 없었다. 따라서 자신의 '자아'를 외부로 표현하고자 하는 적극적인 노력은 이들의 삶의 지배소가 되었다.

개인이 스스로 만들어내는 자신의 이미지는 일반적으로 특정한 규범에 따라 만들어진다. 총체성을 잃지 않으면서 그 이미지를 역동적 흐름 속에 고찰하는 것은 스스로를 제 3자적인 입장에서 바라볼 수 있을 때에 가능한 것이다. 따라서 자신의 개인 '전기' 혹은 '신화'를 건설하는데 있어서 작가-주인공은 본인이 가지고 있는 '소스'를 평가하여야 할 뿐 아니라, 끊임없는 자기 관찰과 제어라는 기능까지도 익혀야한다.[41] 이를 위해서는 그 이미지에 대한 총체적인 지식을 사전에 가지고 있어야 하는데 현실 속의 인간은 자기 자신에 대해 결코 완전한 지식을 소유할

---

41) Бычкова 81-82.

수 없다. 자신을 완전한 타자로서 인식하고 스스로에 대해 외재
한다는 것은 바흐친의 말대로 현실에서는 불가능하기 때문이다.
따라서 자신에 대해, 자신의 삶에 대해 외재하며, 정보적 '잉여
성'을 갖기 위해서 필요한 것은 외부의 눈, 외부 관찰자에게 비
치는 이미지의 체계적 구축이다. 따라서 자신의 삶을 예술적 텍
스트로 만들기 위한 상징주의자들의 노력은 결국 체계적인 자기
신화화로 귀결된다. 이 과정에서 때로 미학적 프로그램에 따라
전기적 사실들이 인위적으로 조작되기도 했는데 그 대표적인 예
술가가 발레리 브류소프(1873 - 1923)였다.

브류소프는 러시아에서 최초로 상징주의를 알린 인물이었으
며 상징주의 운동의 핵심적인 조직가이기도 했다. 1890년대에
브류소프는 시인으로서만이 아니라 개인으로서도 매우 독특한
인물이었다. 블록은 그를 '푸른 별이 인도하는 검은 망토의 조타
수'라고 불렀으며, 벨리는 '태양으로 나타난 여인의 비밀 기사'
라고 불렀다.[42]

브류소프의 자기신화화는 문학적 전기의 신화화를 중심으로
이루어졌다. 잘 알려져 있는 것처럼 그는 3권의 얇은 시집 『러시
아 상징주의자들(Русские символисты)』(1895 - 1896)을 출판하면서 부유한
후원자이자 편집자인 마슬로프(B.Маслов)를 내세웠다. 마슬로프는

---

42) Бунин И. *Автобиографические заметки. Окаянные дни. Воспоминания. Статьи.* (М., 1990) 191.

상징주의라는 새로운 운동에 참여를 원하는 시인을 모집하고 계약 조건을 기술한 제안서를 시집에 첨부했다. 그러나 시집에 참여한 일부 인물(В.А.Даров)처럼 마슬로프라는 인물도 새로운 문학 그룹인 상징주의의 세력을 확산시킬 목적으로 브류소프가 꾸며낸 인물이었다. 마슬로프는 브류소프의 문학적 신화화를 위한 도구의 시작이었다.[43] 새로운 이상과 미학을 공유하는 동지들이 존재한다고 알리는 것은 신생 문학 그룹을 사회적으로 인식시키는 데에 효과적인 전술이었다. 브류소프의 경우에 이러한 문학적 신비화는 이후 더욱 발전한다.

1913년 여름 〈전갈(Скорпион)〉에서 펴낸 시집 『넬리의 시(Стихи Нелли)』의 출판은 브류소프의 자기신화화의 일종이라고 할 수 있다. 책의 표지에 표기된 이 시의 작가는 넬리이다. 따라서 일반인들은 이 시집을 '넬리가 지은 시'로 이해할 것이라는 사실을 브류소프는 잘 알고 있었다. 그의 생각대로 독자들과 많은 작가들은 그의 속임수에 쉽게 넘어갔다. 많은 문학 평론가들과 독자들은 새로 등장한 여류 시인의 시를 흥미롭게 받아들였다. 넬리의 시적 목소리가 매우 익숙하다는 점을 알아차리는 사람은 많

---

43) 시집의 탄생 과정과 시집 참여자들의 이후 행적에 대한 자세한 내용은 Иванова Е., Щербяков Р. "Альманах В. Брюсова <<Русские символисты>>: судьбы участников," *Блоковский сборник XV* (Тарту, 2000) 33-75 참조. 이바노바와 세르뱌코프에 따르면 브류소프는 '러시아 데카당들의 우두머리'의 역할로 데뷔하기 위해서 상징주의자들의 수를 늘리고자 했다고 한다.

지 않았다. 실제로 이 시집은 브류소프가 넬리에게 바치는 시집으로 브류소프 본인의 시로 구성되어 있었다. 호다세비치와 같은 소수의 명민한 문학가들만이 이것이 시인의 새로운 문학적 신비화임을 알아차렸다.[44]

자전적 사실에 대한 문학적 신화화와 관련하여 브류소프의 소설 『불의 천사(Огненный ангел)』(1907)는 매우 흥미로운 경우이다. 16세기 독일의 쾰른 지방을 배경으로 한 『불의 천사』의 슈제트는 벨리와 니나 페트롭스카야, 그리고 브류소프 자신의 삼각관계를 바탕으로 만들어졌다. 유령에 사로잡힌 여인 레나타는 전형적인 데카당 여성인 페트롭스카야를, 레나타를 미혹하고 버리는 헨리 백작은 페트롭스카야의 연애 상대인 벨리를, 레나타를 돕는 인문주의자이자 기사인 루프레흐트는 브류소프 자신을 의미했다. 브류소프는 루프레흐트가 되어 현실(realia)과 보다 현실적인 것(realiora) 사이를 여행하는 외로운 기사가 되고, 벨리는 헨리 백작이 되어 솔로비요프적인 플라토닉한 사랑을 포교하는 인물로 설정된다. 이 소설에는 후기 상징주의자들의 '삶-창조'에 대한 브류소프의 시각이 담겨 있다.

소설에서 레나타와 헨리 백작의 관계는 삶과 예술의 신비주의적 합일을 실현하려는 페트롭스카야와 벨리 관계를 투영한 것이

---

44) Викторова С. А. "Игорь Северянин и мистификации серебряного века." http://www.yspu.yar.ru/vestnik/novye_Issledovaniy/13_5/

다. 자신의 삶 자체를 순수하게 데카당적 예술 작품으로 만들고
자 했던 페트롭스카야와 그런 페트롭스카야의 정열에 자신의 영
혼을 더럽힐 것을 두려워한 벨리의 관계는『불의 천사』에서 시
니컬하며 객관적인 관찰자 루프레흐트의 눈을 통해 비판적으로
해석된다. 소설 속에는 현실과 이상, 물질적인 것과 비물질적인
것, 가능한 것과 불가능한 것의 일치를 삶에서 실현시키고자 했
던 후기 상징주의의 '삶-창조'의 이념이 실현 불가능함을 넘어
비극을 잉태한다는 생각이 강하게 부각되어 있다.[45] 그러나 브
류소프는 자신의 개인사적인 연애사를 중세의 이야기로 옮기면
서 스스로를 새로운 문명(미국)에 눈뜬 선구적인 인문주의자로 각
색하면서 실제 삶에서의 모습과는 다른 가공된 이미지를 구축할
수 있었다.[46]

브류소프가 자신의 전기를 신화로 만드는데 적극적이었다면
도브롤류보프의 경우는 의식적인 자기신화화와 외부 문화가
만들어낸 신화가 결합된 경우라고 할 수 있다. 은세기의 아이
콘[47]이었던 도브롤류보프는 시에 있어서는 비평가들 사이에서

---

45) 벨리와 브류소프, 니나 페트롭스카야의 관계에 대해서는 Morrison Simon. "Prokofiev and Mimesis," *Russian Opera and the Symbolist Movement* (Berkely, Los Angeles, London: University of California Press, 2002) 242-256 참조.

46) 실제로 브류소프는 주도면밀하게 페트롭스카야를 관찰하며 그녀의 반응과 변화를 고찰한다. 페트롭스카야와의 관계는 브류소프에게 있어서 예술적 창작을 위한 하나의 계기에 지나지 않았다.

47) 페르초프의 회상에 따르면 "그가 나타나리라는 기대만으로도, 더욱이 모습을 보는 것만으

격렬한 논쟁의 대상이 되었다. 일단에서는 "도브롤류보프의 작품은 문학적 평가보다는 정신 병리학적 평가를 받아야 한다."[48)는 평도 있었지만 "알렉산드르 도브롤류보프는 우리 문학이 자긍심을 느껴도 될 만한 시인"[49)이라는 평을 받기도 했다. 예술가로서의 그에 대한 평가는 이견이 있었지만, 인간 도브롤류보프는 그 시대에 의심할 바 없는 영향을 미쳤으며 시대를 표상하는 상징이다.

개인의 완전한 자기 해방을 집요하게 주장하여 극단적으로 자살론을 선전했던 도브롤류보프는 결국 일상적인 삶을 버리고 '민중' 속으로 들어가 문학적으로 자신을 스스로 '거세'하여 신화가 되었다.[50) 코브린스키는 도브롤류보프 신화가 만들어진 데에는 두 가지 요인이 있다고 지적한다. 하나는 삶을 위해서 문학을 거부한 것이 동시대인들에게는 일종의 '건설적 희생'이자 모든 인텔리겐치아들에 대한 속죄로 생각되었다는 것이다. 다른 한편으로는 이미 '전설'이 된 시인의 이미지가 반복적으로 소비

도 참석한 사람들을 동요하게 만들었다. 그의 눈동자는 레르몬토프의 눈을 상기시켰다. 레르몬토프의 눈처럼 하늘빛의 카리스마 있는 마술적인 두 눈. 그런 눈의 소유자는 사람들을 복종시킨다." Перцов П.П. *Литературные воспоминания. 1890-1902*. Вступ. статья, сост., подг. текста и коммент. А.В.Лавров (М., 2002) 186.

48) Блок А. *Записные книжки. 1901-1920* (М., 1965) 23.

49) Иванова Е.В. "Валерий Брюсов и Александр Добролюбов," *Серия литературы и языка Т. 40. Н. 3.* (1981) 258에서 재인용.

50) Там же 261.

되었다는 점이다.[51]

'러시아 상징주의의 성자'[52] 도브롤류보프의 신화가 만들어진
데는 메레지콥스키와 브류소프의 노력이 컸다. 메레지콥스키는
한 논문에서 그를 프란시스코 데 아시스(1181-1226) 성인과 비교하
여 그를 성인의 반열에 올리고 있다.[53] 브류소프는 자신의 문학
적 조언자로서 도브롤류보프의 재능을 찬미하여 그의 신화화에
적극 기여하였다.

자기신화화의 동기는 여러 가지로 해석될 수 있을 것이다. 그
러나 근본 상황은 바로 자신을 표현하고 스스로 표현되고자 하
는 열망이라고 할 것이다. 그러한 맥락에서 자기신화화는 정체
성 확립을 위한 노력이자, 자기 자신과 합치되고자 하는 밀도 높
은 의식적 행위라고 할 것이다.

그러나 자기신화화는 주체의 의도와 달리, 때로는 정 반대의
결과를 만들어낸다. 도브롤류보프의 경우 '시대의 아이콘'이라는
이미지가 본질의 자리를 대체함으로써 젊은 시인은 복잡하면서
도 풍요로운 정신의 소유자에서 육체가 없는 기호로 탈바꿈하였
다. 실제로 그의 이전의 삶(출가 이전)의 노정, 그의 경험, 그의 탐

---

51) Кобринский А., "Разговор через мертвое пространство (Александр Добролюбов в
    конце 1930-х - начале 1940-х годов)," http://magazines.russ.ru/voplit/2004/4/kob9.html

52) Бычкова 85.

53) Мережковский Д.С. "Революция и религия," *Русская мысль* Март(Н.3) Ч.2 (М., 1907) 28.

색, 문학 활동은 묻히고 사라졌다. 가공된 이미지가 기호가 되고 이러한 기호는 거꾸로 주체를 대체하게 된다. 그의 결정적인 한 걸음, 문학과 세상과의 단절만이 의미가 있는 것으로 해석되고 그는 신화화된 자신 속에 박제되었다.

19세기 말~20세기 초를 장식한 러시아 상징주의는 하나의 문학 학파가 아니라 '세계관'이었으며 삶과 예술을 하나로 통합하고자 한 문화적 기획이었다. 자기 정체성의 격렬한 위기를 몸으로 느꼈던 상징주의자들은 '경계에 선' 인물들이었다.

범미학주의를 바탕으로 하는 상징주의자들의 '삶의 기획', '일상의 기획'은 이들의 실제 삶도 바꾸어 놓았다. 상징주의적 기획은 이들의 특정한 행위 유형과 소통 양식에서도 찾아 볼 수 있다. 상징주의자들은 인식과 행위의 규범을 결정하는 경계의 불확정성을 확신했으며 그것을 몸으로 확신시키고자 하였다. 그러한 주변성의 지향은 몸과 성과 같은 금기들을 담론의 영역으로 끌어들였으며 그 과정에서 다양한 문제들에 대한 관점의 스펙트럼이 확장되었다. 이러한 주변성은 에파타지와 필연적으로 공존하게 된다. 상호적인 사회적 소통을 지향하지 않으면서 동시대인들에게 문화적 충격을 주는 방식으로 진행된 에파타지는 자신의 행위와 외적 삶 자체를 미학화하려는 문화 엘리트의 자족적 행위였다. 상징주의자들은 자신의 삶에 대한 스스로의 외재성을 확신하였으며 자신의 삶에 대한 완벽한 기획과 완전한 통제를 통해 예술작품으로서의 자신의 삶-전기를 만들고자 하였다. 이는 자기신화화를 통해 체계적으로 구축되었다.

상징주의자들은 기존의 질서, 인습과 관례에 대해 순응하기를 거부하고 삶의 주인으로서 자신의 삶을 기획하려했던 예술가로서 러시아 모더니즘을 선도하였다. 그러나 예술 외적, 일상적 삶의 전략으로서의 상징주의자들의 '삶-창조'는 이들의 고립주의와 개인주의를 더욱 심화시켰으며 세상과의 소통보다는 자신들만의 자폐적 소통이 되었다.

참고문헌

이명현. 『알렉산드르 블록의 세계관과 '음악'의 상징성. 산문텍스트를
　　　중심으로』 고려대학교 박사학위논문. 서울, 2001.

Greenblatt S. *Renaissance Self-Fashioning: From More to Shakespeare.*
　　　London & Chicago, 1980.

Morrison Simon. *Russian Opera and the Symbolist Movement. Berkely,*
　　　Los Angeles, London: University of California Press, 2002.

Pachmuss Temira. *Intellect and Ideas in Action: Selected*
　　　Correspondence of Zinaida Hippius. Munich, 1972.

Paperno Irina. *Chernyshevsky and the Age of Realism. A Study in the*
　　　Semiotics of Behavior. Stanford: Stanford University Press,
　　　1988.

Paperno Irina and Grossman Joan Deloney. *Creating Life: The Aesthetic*
　　　Utopia of Russian Modernism. Stanford, 1994.

Presto Jenifer. "The Fashioning of Zinaida Gippius." *The Slavic and*
　　　*East European Journa*l. Vol.41. N. 1 (Spring, 1998) 58-75.

Бердяев Н. *Собрание сочинений. 1. Самопознание(опыт философской автобиографии).* Paris, 1983.

Бердяев Н.С. *Философия творчества, кульутры и искусства. Т. 1.* М., 1994.

Блок А. *Записные книжки. 1901 - 1920.* М., 1965.

Бобринская Е. *Русский авангард: истоки и метаморфозы.* М., 2003.

Богомолов Н. А. *Михаил Кузмин: Статьи и материалы.* М., 1995.

Бунин И. *Автобиографические заметки. Окаянные дни. Воспоминания. Статьи.* М., 1990.

Бычкова Е.А. *Жизнетворчество как феномен культуры декаданса на рубеже XIX - XX веков.* Дисс. на соиск. учен. ст. канд. культурологии. М., 2001.

Вайнштейн О.Б. "Жизнетворчество в культуре европейского романтизма." *Вестник РГГУ* Вып. 2 (1997) 165 - 185.

"Вечера гафиза" http://silverages.narod.ru/obed/vech_gafiz.html

Викторова С. А. "Игорь Северянин и мистификации серебряного века." http://www.yspu.yar.ru/vestnik/novye_ Issledovaniy/13_5/

Винокур Г. *Биография и культура. Русское сценическое произношение.* М., 1997.

Вислова А. "На грани игры и жизни(игра и театральность в

художественной жизни России серебряного века).” *Метаморфозы артистизма. Проблема артистизма в русской культуре первой трети XX века. Сборник статей.* Сост. В. К. Контор. М., 1997. 56-70.

Гиппиус В. “Александр Добролюбов.” *Русская литература XX в. 1890-1910.* Под ред. Проф. С.А.Венгерова. М., 1914. 272-287.

Добролюбов А. “Записная книжка. 1890-е годы.” *НИО рукописей РГБ. Ф.386(Брюсов В.Я.).* к.128, ув.чз. 17. Л.7 об.

Долгополов Л. *На рубеже веков. О русской литературе конца XIX - начала XX века.* Л., 1977.

Едошина И.А. *Художественное сознание модернизма: истоики и мифологемы.* Кострома-Москва, 2002.

Иванова Е., Щербяков Р. “Альманах В.Брюсова <<Русские символисты>>: судьбы участников.” *Блоковский сборник XV.* Тарту, 2000. 33-75.

Иванова Е.В. “Валерий Брюсов и Александр Добролюбов.” *Серия литературы и языка. Т. 40.* Н. 3. (1981) 255-265.

Ионин Л.Г. *Социология культуры.* М., 1996.

Кобринский А. “Разговор через мертвое пространство (Александр

Добролюбов в конце 1930-х — начале 1940-х годов)."

http://magazines.russ.ru/voplit/2004/4/kob9.html

Колесникова А.В. "Жизнетворчество как способ бытия русской

интеллигенции." http://shkola-mysli.by.ru/04-07.html.

Кондаков И.В. *Культурологпия: история культуры России.* М.,

2003.

Костина И.Н. *Феномен маргинальной личности в культуре турецкой*

диаспоры Германии (на материале литературного

творчества). Автореферат дисс. на соиск. учен. ст. канд.

культурологии. Чита, 2007.

Лотман Ю. *Избранные статьи в трех томах Т. 1.* Таллин, 1992.

Мальцев Юрий. *Иван Бунин 1870-1953.* Посев, 1994.

Маковский С. *Портреты современников. На Парнасе Серебряного*

века. Художественная критика. Стихи. Сост., подготовка

текста и коммент. Е.Г.Домогацкой, Ю.Н.Симоненко;

Послесловие Е.Г.Домогоцкой. М., 2000.

Мережковский Д.С. "Революция и религия." *Русская мысль*

Март(Н.3) Ч.2 (1907) 17-34.

Минц З.Г. "Блок и символизм." *Александр Блок. Новые материалы*

и исследования. Литературное наследство. Т. 92. М.,

1980 98-172.

Перцов П.П. *Литературные воспоминания. 1890-1902.* Вступ.

статья, сост., подг. текста и коммент. А.В.Лавров. М., 2002.

Стернин Г.Ю. *Русская художественная культура второй половины*

XIX-начала XX века. Исследование. Очерки. М., 1984.

Ходасевич В.Ф. *Некрополь.* Сост., вступ. ст., коммент. Н.А.Богомолова.

М., 2006.

Чистова М.В. *Концепт андрогина в жизнетворчестве З.Н.Гиппиус.*

Дисс. канд. культурологии. Кострома, 2004.

Шишкин А. "Симпосион на петербургской башне в 1905-1906гг."

Русские пиры. Альманах <<Канун>>. Вып. 3. М., 1998.

273-352.

저자 후기

이 책은 2008년 한국연구재단(구 학술연구재단)에서 "러시아 은세기 예술 문화의 대화성 연구"라는 주제로 지원을 받으면서 시작되었다. 하지만 실질적으로 이 책이 만들어진 것은 지난 가을에서 올 봄까지 러시아 상트페테르부르크에서 보낸 시간이었다. 러시아 문화의 수도, 북방의 수도라 불리는 상트페테르부르크는 은세기의 '북구 모던(Северный модерн)'이라는 새로운 양식의 건축을 알게 해 주었다. 19세기 말에 십여 년 간 유행했던 북구 모던은 19세기 절충주의적 도시의 외관을 크게 바꾸어 놓았다. 도시의 유명한 건축들을 밤낮으로 보고 다녔더니 느슨해졌던 학문적 긴장감이 다시 살아났다.

나의 박사 학위 논문의 주제가 된 작가 이반 부닌(1870-1953)은 은세기의 '숨겨진 모더니스트'였다. 일반적으로 사실주의 작가로 알려진 이반 부닌을 연구하며 나는 동시대 모더니스트들에 대한 부닌의 과도한 증오가 놀랍기도 하고 의문스럽기도 했다. 실제로 부닌은 모더니스트, 특히 상징주의자들과 동인지 활동을 함께 할 정도로 모더니즘 예술에 무지하지 않았고 그의 창작 속에는 주제와 기법 면에 있어서 새로운 예술적 경향인 모더니즘을 상기시키는 면들이 적지 않았다. 은세기 예술은 시간이 갈수록 더욱 나의 학문적 호기심을 자극했고 지난 이십년간 내 연구의 주요 주제가 되었다.

하지만 이 책은 해당 시기 문화 전체를 아우르려는 목적으로 쓰이지 않았다. 부끄럽게도 아직까지 그럴 만한 역량을 갖추지 못했다. 단행본 발간을 위해 그간의 관련 논문을 살펴보니, 회화, 발레, 책, 행동 양식에 이르기까지 나의 개인적 관심사가 꽤나 두서없었다는 생각도 들었다. 다만 다양한 주제를 다룸에 있어서 그래도 한 가지의 주제 의식은 발견 할 수 있었다. 그것은 은세기의 러시아 문화가 '예술의 종합'이라는 방식으로 전체 예술 영역에 걸쳐 러시아 역사상 가장 뛰어난 유산을 창조해 내었다는 것이다. 나의 연구는 자연스럽게 예술의 종합, 예술 간 대화를 구체적으로 밝혀내는 것으로 모아졌다. 이 책은 이러한 작업의 중간 결과물이며 이 작업은 앞으로도 계속될 예정이다.

이 책에 수록된 글들은 새로 쓴 부분도 있고 기존에 발표된 논문을 수정, 보완하여 책의 취지에 맞도록 다시 쓴 글들도 있다. 후자의 경우 해당 장에 이를 밝혀두었다.

마지막으로 이 책의 발간을 위해 애써주신 〈우물이 있는 집〉의 강완구 대표님께 진심으로 감사의 말씀을 드린다.

2022년 가을 미금 집에서

찾아보기

은세기 러시아 예술 문화의 대화성

초 판 1쇄 인쇄 2022년 10월 8일

지은이 최진희
편 집 강완구
펴낸이 강완구
펴낸곳 써네스트
브랜드 우물이 있는 집
디자인 김남영

출판등록 | 2005년 7월 13일 제 2017-000293호

주 소 | 서울시 마포구 망원로 94, 2층

전 화 | 02-332-9384 　　　　**팩 스** | 0303-0006-9384

이메일 | sunestbooks@yahoo.co.kr

ISBN | 979-11-90631-58-7 (93890) 　　값 15,000원

우물이 있는 집은 써네스트의 인문브랜드입니다.